双葉文庫

タカラモノ

和田裕美

目次

1章　わたし、小学生　7
2章　わたし、思春期　47
3章　わたし、大学生　101
4章　わたし、社会人　169
終章　267

タカラモノ

1章　わたし、小学生

1

　昨日の雨が嘘のように晴れたその日の朝、引っ越したてのきれいなキッチンで、ママは張り切ってほうれん草が真ん中に入った卵焼きとか、うずらの卵とミートボールを爪楊枝に突き刺したものとか、醬油とお酒で味付けをした唐揚げとか、いろんなおかずをたくさんつくって重箱に詰めていた。

　ケチャップが煮込まれたにおいとシャケの焼けるにおいがどんどん混じり合って膨らんで、ママの鼻歌と一緒に踊りながらこっちにやってくる。

　においにつられてキッチンに向かったわたしは、出来立ての卵焼きを手でつかんだ。一口食べたところでママと目が合い、「もらっていい？」と尋ねた。

　ママはちゃんとお箸で食べなさいという代わりに「端っこがおいしいで」と笑う。

　新しい家での新しい秋のその朝は、二年生のわたしと六年生のおねえちゃんが通う小学校の運動会だった。

　我が家は、春日池という池を埋め立ててできた新興住宅の並びにある一軒家だ。この運動会の日から一ヶ月ほど前に、隣の家と壁一枚という団地から引っ越してきた。かろうじて夫婦をやっているようなパパとママが、必死の思いでローンを組んで念願のマイホームを買ったのだった。

家の前の真新しい道路の向こうには一面の田んぼがあって、五分刈りの頭みたいにざくざくに短くなった稲がベージュ色の世界を広げていた。

夏の力強い緑色のときよりもずいぶん暖かく見える、そのやわらかい景色を、わたしはずっと好きだったように思う。

わたしとおねえちゃんが学校に行ったあと、運動会が始まる直前になってうちのパパとママはやってきた。家族観覧の場所取りができなかったので、校庭の隅っこのわかりにくい場所にオレンジ色のレジャーシートを敷いていた。

しかし、隅っこでも「うちの親はどこ?」と探す必要がなかったのは、白いミニスカートに白いポロシャツを着て、ふわふわの茶色い髪に緑色のスカーフを巻いたママが、大きなサングラスをかけて座っていたからだ。

そこだけスポットライトが当たったみたいに周囲から浮いているママは、なんだか派手で、お母さんという気配をぜんぜん身につけていない女の人だった。

そんなママがとりわけ目立ったのは、おねえちゃんがリレーで三人抜きして一番になったのを見て飛び跳ねて叫んだときではなく、運動神経の鈍いわたしが徒競走で周回遅れになって、たった一人でグラウンドをとろとろと歩くような速さで走っているときだった。

とにかく恥ずかしくて辛くて泣きそうになっていると、

「ほのみ〜〜ふぁいと〜〜ふれふれ、ほのみ〜」

というママのかけ声が聞こえてきた。

顔を上げると、ママはわたしが走っているトラックのそばまでやってきて、頭に巻いていた緑色のスカーフを手に持って振り回し、一人で足を上げたりしながら踊っていた。生徒も先生も他の親も、もはやわたしではなく、キョトンとしてママを見ており、わたしはもっと恥ずかしくなって、知らない人のふりをして目の前を通りすぎた。だけど、ママはわたしがゴールをするまで何度も何度もわたしの名前を呼んでいた。


「隅っこの席でよかったわ、ママがそんな格好で恥ずかしい」

お昼休憩のとき、おねえちゃんがお赤飯のおにぎりをかじりながらむっつりいった。

「恥ずかしいのん?」

「もう、そんな格好するんやったら、来《こ》んといて欲しい。わたしはもうこの学校の運動会は最後やけど、ほのみも恥ずかしいやろ？」

「うん……」おねえちゃんに促されて、わたしはうなずく。

「そやけど、お前、すごかったなあ。リレーも最後追い抜かして一番になるし、障害物競争でもハードル越えるの速いし、全部一番や」

パパがおねえちゃんを褒めて、そのあとわたしの方を向いた。

「おまえはもっと、がんばらなあかんな」

「あんた、唐揚げばっかり食べたら子どものぶんがなくなるさかいに、こっちの肉団子にして……」

「おう」

パパは返事をしながら、買ったばかりのカメラに油がついていることにも気づかずに次の唐揚げに手を出していた。

冷たい麦茶の入った水筒を振ると、まだ溶けてない氷が揺れてカラカラと鳴る。

パパからもうなにもいわれたくなかった。

でもきっともう一回「もっとがんばれ」といわれる。

わたしはお赤飯のおにぎりをひとつ急いで頬張ると、立ち上がった。

「ほのみちゃんどこいくの？」

ママの声に「トイレ」と答えてそこから逃げた。

校舎のほうに歩いていくと、わあわあと背中を追いかけてきた人の声と騒がしい音が、だんだん遠ざかっていく。

わたしだって、一生懸命に走った。手を速く振ればいいとおねえちゃんがいったから、そのとおりにやった。

それでもあれだったんだ。

誰もいなくなったところで立ち止まって、自分の履いている白い運動靴を見たら、涙がそこに落ちた。

「ほのみちゃん、どこいったかと思ったわ」

顔を上げると、目の前にママがいた。

「あ、ママ……」

涙のことはなにもいわずに、ママは普通の顔をして尋ねる。

「なに、トイレいくのやろ？」

「う、うん」

「そしたらママもいくところやねん、こっちやろ？」

「そう、そっち」

「さっきは……」

「ごめん」

ママがいいかけたので、わたしは急いでいう。

「おねえちゃんは、あんなかっこええのに、ほのみは、ぜんぜんダメで……」

ママもわたしを遮っていう。

「あんな！　足が速いとか遅いとかって大人になったらぜんぜん関係ないねん！　オナラくらいしょうもないから、気にしんとき。あ〜おしっこたれそ、ママ、ちょっと走るで」

「え？」

「あんたも、さっきおしっこ我慢して走ったらよかったのに。絶対ちょっと速くなるわ」

大人なのに、ママは廊下を走っていく。ほんとうはトイレなんて行きたくなかったくせに、わたしは急に尿意を感じて、走るママの背中を笑いながら追っかけた。

2

ママは、わたしが小学校二年生のときからわたしだけのママじゃなくなった。

「喫茶&スナック　シャレード」では、知らないおじさんもママのことをママという。わたしがいう「ママ」とおじさんたちのいう「ママ」はちょっと違う。

ママの店は商店街を抜けた三叉路《さんさろ》の角の長細いビルの一階にあり、向かいにはタバコ屋とクリーニング屋が並んでいる。わたしは学校から三十分ほどの道をてくてく歩いたり、ときどき走ったりして、家より先にあるママの店に帰る。

喫茶シャレードは朝十時にオープンする。ママが外に看板を出すと同時に、お客さんがぽつぽつと、でも切れることなく入ってくる。

ママは毎日豆を挽《ひ》き、そこにお湯をとくとくと落として何杯ものコーヒーを淹《い》れる。

それから卵を焼いて、バターとからしを塗ったトーストに、薄切りのキュウリと一緒にはさんだ「卵トースト」とか、卵をハムに替えた「ハムトースト」とか、そんなのをたくさんつくりながら、お客さんと話している。

卵トーストは少しケチャップを入れるので、パンに黄色と緑と赤がはさまれた、とにかくきれいなサンドイッチで、同じ値段のハムトーストよりも人気だ。

夕暮れ時になると、ママのお店は「喫茶」から「スナック」になる。

厳密にいえばママがケチャップみたいな色の口紅を少しだけ小さな唇に塗り込み、誰かが「ママ、ビールちょうだい」と叫ぶ声を合図に「スナックシャレード」となるのだ。

「いらっしゃいませ〜」

「どうも、ママ〜」

お客さんたちはときにはしゃいだように、ときに照れくさそうにママを見て店に入ってくる。

たいてい店がスナックに切り替わる前にママが家まで送ってくれるんだけど、喫茶の時間から混んでいてばたばたしているときは、カウンターの端っこで漫画を読んでいても落ち着かないので、自分でもできることを探すようになった。おしぼりを出したり、つきだしをお皿によそったりするわたしを、ママはにやにやして見ていた。

今日もわたしはおしぼりを出し、箸置きを置く。その間にママはつきだしを置き、

「ビールで？」

とお客さんに聞く。

夜の「チャージ」と呼ばれるつきだしには、ナスとキュウリを塩揉みしてぎゅっと絞っていりごまをまぶした浅漬けとか、少し焦がした油揚げとみょうがをポン酢であえたのとか、イカと青ネギをヌタであえたのとか、生姜とくじらを醬油で炊いたのとか、ママがさっとつくったものが用意されている。

たっぷりつくったつきだしがすぐになくなるくらい、スナックシャレードはいつも混んでいた。男の人が多かったけど、ときどき大きな鞄《かばん》を持った女の人が一人で飲みにきたりもしていた。

「今日はどうやったん？」

ママがその女の人にビールをつぎながら話しかける。

「あかんわ、売れへんかったわ。今日は祝い酒ちごうて、やけ酒」

「ほな、うちもやけ酒飲むわ」

「ママもなんかあったん？」

「うん、毎日燃えて、焼けてんねん」

「ママはいっつも、熱いもんなあ」

女の人は少し笑ってからグラスのビールを一気に飲み干して、抱えていた鞄をようやく足下に置く。

「化粧水、いくら?」

「ええよ、ママ。気いつかわんといて」

「たくさん買えへんけど」

「ええわ、もうちょっとがんばるし」

「ほんま? ほんなら今度は祝い酒、飲みにくんねんで」

「ママ〜、次、デュエットしよ〜。曲入れんで」

反対側のカウンターの端っこから声がかかる。スーツ姿の男の人が空のグラスをからからと鳴らしながら、だだをこねるみたいにせがんだ。

ママは「はいはい」と子どもをあやすようにいいながら、おじさんのグラスに新しい水割りをつくっている。

みんなわたしのママに「ママ、ママ」と話しかけた。

みんな、ママのことが好きなんだと思う。


「今や、帰ろ」

お客さんの注文が途切れた隙をみて、ママは車のキーを握る。

わたしを乗せて家の前まで送ると、ママは運転席から降りもせず、車の窓から顔を出していう。

「ほな、おやすみ」

「おやすみなさい」

少しだけでも家に上がって欲しいな、といつも思うけど、お客さんがママを待っている。そのままブンと去っていくママの車の赤いランプは、ママが角を曲がるときにぴかっと光る。そしてママは見えなくなる。わたしはその赤い残像をじっと見続ける。


台所のテーブルにはほうれん草のゴマあえと、ミンチとジャガイモとタマネギを炒めて卵でとじたママ特製のオムレツ、それからお鍋にはわかめのお味噌汁。

ラップの上にママの字で「今日のごはん」と書いてある。

わたしはガスコンロに火をつけ、お味噌汁を温める。そしておかずをチンしてテーブルに運ぶ。オムレツにはケチャップではなくウスターソースが合う。

明日はあまったオムレツを、ご飯といっしょにフライパンで炒めてチャーハンにするのだ。チャーハンにする場合はケチャップ。

「明日の朝ごはん分」といいながら、わたしはオムレツを1／3ほど箸で取り分けて別の皿に移動させた。ママのごはんはおいしい。時間が経ってもおいしいことがなによりの救いだ。

3

「お母さんが、男の人と歩いているの見たで。あれ、お父さんちゃうやろ?」

「知らんけど……」

「え～、知らんの。めっちゃ短いスカートはいて、腕組んだはったって、うちの母ちゃんいってたで」

「うん」

「おまえのお母さん、きれいやな」

わたしが黙っていると、

「うわ～、白鳥からアヒルが生まれた～」

本郷《ほんごう》くんはよく通る声で笑って走っていった。

本郷くんは目が茶色くて、髪の毛も茶色くて、肌の白い男の子だ。「外人」とみんなから呼ばれている。わたしはといえば、真っ黒に日焼けして、前髪がぎざぎざになっていて、卵の殻をかぶったアヒルみたいだった。だから本郷くんのいうことに内心納得しつつ「うるさいな～」と一応反応してあげる。

わたしはそんなことをいわれてもぜんぜん平気だし、むしろパパとママが腕を組んで歩いているほうが気持ち悪い。

ママは色が白くて、お化粧をしているとお人形みたいに目がぱっちりとして、足が細くて、すごくきれいな女の人だ。今のところ、わたしはそんなママにぜんぜん似ていない。

「まあ、お母さんそっくりね」とかいわれている子を見るとうらやましいけど、たぶん心配しなくてだいじょうぶ。

『みにくいアヒルの子』を読んでから、わたしとママが似ていないのは今だけのことだとわかったから。わたしは大人になったらママみたいな女の人になるのだ。

わたしは小学校に上がってからずっと際立ったところのない子どもで、勉強は普通、運動は苦手で、いまだに自転車に乗れない。先生のいう「長所」のようなところは特に見当たらない。

五年生になった今も牛乳は飲めないし、給食も全部食べられない。学級委員をしたこともない。だからといっていじめられるわけでもなく、なんとなく友達はいて、なんとなく学校に通っていた。凹凸のない身体と同じように平らで平凡すぎるのがわたしの個性というものかもしれない。

なによりの悩みは、ママがわたしを自慢できるところがないことだ。

学校の成績がよければ「この子、算数ができて」とか人にいえたりするだろうけど。

前にママに聞いてみたことがある。

「わたしのいいとこはどこ？」

ママはちょっと考えていった。

「命を大事にするところ」

他にいえるところがないから、無理にそういったのだと思う自分がいやになる。


「いらっしゃい」

柳川《やながわ》さんのお母さんは、ピンク色のエプロンをして玄関で出迎えてくれた。

わたしたちは「うわ～きれい」とか「ひろ～い」とかいいながら靴を脱ぎ、柳川さんの家の大きな部屋に一気になだれ込んでいく。

見たこともない大きなガラスでできた電気がぶら下がっていた。じっと見上げていると、柳川さんのお母さんと目が合った。

「おばさん、あれきれいですね」

わたしは、うふっと笑ってみた。これはママの真似。

ママは人と目が合うと、ちょっと首をななめにしてうふっとする。

柳川さんのお母さんは「掃除が大変なのよ」と困った顔をする。褒めたつもりだったのに間違ったことをいってしまったような気がして「へぇ〜」といいながらエプロンのひらひらしたのを見つめた。

柳川さんはお母さんとおそろいのピンクのワンピースを着て、頭にはやっぱりピンクの大きなリボンをして部屋の中心に座っている。柳川さんはちょっと太めの女の子で（陰でジャイアンと呼ばれている）、そのワンピースもリボンもぜんぜん似合っていない。今日は柳川さんの誕生日なのに、ジャイ子みたいになっちゃって。またあとで意地悪な子にからかわれるだろう。

テーブルには、きれいなお花や、ピンクと黄色と黄緑色のちらし寿司、ミートボールやサンドイッチ、唐揚げなんかがたくさん載っていて、呼ばれたみんなはもじもじしつつもすごくはしゃいでいた。

「お誕生日おめでとう」

オレンジジュースで乾杯すると、みんなでハッピーバースデーの歌を歌った。

それから、柳川さんのお母さんが「さあ食べて」というのを合図に、いっせいにお料理に手を伸ばした。

「終わったら、あとでケーキがあるからね」おばさんが声をかける。

「お母さんの手づくりケーキやねんで、とっておきはこれもお母さんのお手製のシュークリームやねんよ」

柳川さんのほっぺがリボンと同じピンク色になっている。

（えっ？）

驚いたのは、ものすごくおいしいシュークリームを食べている最中だった。

みんなきれいに包装されたプレゼントをごそごそと用意しだしたけど、わたしはなにも持っていない。プレゼントを持ってくるなんて知らなかった。

わたしはシュークリームを握ったまま硬直した。柳川さんはますます顔を紅潮させながら包みのリボンをほどいている。

わたしは思わず立ち上がった。ガシャンと机に足をぶつけた音でみんながこっちを見た。

「あの……ごめん。忘れ物した」笑っていうと、他の子は、「ドジやなあ」とか「え、今から取ってくんの？」とかいって、わたしはあたかもプレゼントを用意してあったかのように「でへへ。ほんとドジやわあ」といって家に走った。

机の引き出しに、もったいなくて使えなかった便せんと封筒のセット、それに新しいキティの消しゴムと、練り消しがあったはず。

家に着くとちょっとだけ迷ってから、しわのない文房具屋さんの紙袋を選んでそれらを全部ばらばらと入れた。そして柳川さんのところへまたダッシュした。

着いてみると友達はみんな帰ってしまったあとだった。はあ、はあと肩を上下させて、袋を手に玄関で突っ立っているわたしに「気にしないでいいのよ」と、柳川さんのお母さんはやさしくいってくれた。後ろに立つ柳川さんに息切れの合間に伝える。

「リボンがないけど、全部新品だから」

「ありがとう」

「じゃ」といって去ろうとすると、わたしがあげた袋を抱きしめながら柳川さんが「まだ、シュークリームあるで」といった。頭には、もうピンクのリボンはなかった。

くるりと背を向けて駆けだしたわたしの背中に「またいらっしゃい」という柳川さんのお母さんの声が追いかけてきた。わたしは振り返らずに、今日何度も通った道をまた走った。

うちのパパは、必要なものがあれば問屋さんというところで普通の店より安い値段で買うし、わたしも欲しいものは問屋さんでまとめて買うようにいわれている。

「どうせ捨てるのに包装紙もリボンもいらない」というのは我が家では当たり前のことで、

リボンがかかったプレゼントをもらったことなど一度もない。

それによく考えてみたら、我が家では誰かの誕生日を祝ったことがない。


柳川さんとは比較的仲がいいほうだと思う。柳川さんの部屋でほとんど話さないまま、二人で漫画を読んでいるのはとても居心地がよかった。

柳川さんの家に遊びに行くと、いつもお母さんがフリルのエプロンをしてレモンケーキと紅茶をピカピカの銀色のトレーに載せて持ってきてくれる。

「柳川さんとこってお金持ちやねんて。お父さん社長さんやって」と誰かがいっていたけど、どうやらほんものの お嬢様のようだ。レモンケーキも柳川さんのとこで生まれて初めて食べた。

お嬢様なのにジャイアンだなんて、世の中は厳しい。

その日も、柳川さんのお母さんはレモンケーキを持ってきてくれた。

「好きでしょ、ほのみちゃん」

「ありがとうございます」

礼儀正しくいってから、ママのうふっをやってみる。

おばさんは紅茶を置くと、すぐには出て行かず、わたしをじっと見た。

「ほのみちゃんのお母さんは、いつもお家《うち》にいないんでしょう」

「あ、はい。仕事してるんで」

「夜も遅いとかって」

「はい、昼間は喫茶店で、夜はスナックです」

「一人で偉いね」

「別に……」

「夜ごはんとか、どうしているの？」

「ママ……お母さんが出る前につくってくれたものがラップしてあります」

「一人で食べているの？」

「はい。あ、でもおねえちゃんがいるときはおねえちゃんと」

わたしは早くレモンケーキが食べたくて、外側の黄色い袋を触りながら柳川さんを見た。

柳川さんは眉《まゆ》を八の字にしていた。

「かわいそうに」

しばらくわたしを見たあと、柳川さんのお母さんはいった。まるで雨の日に捨てられた子猫を見つけたように。わたしは手にしていたレモンケーキをぽとんと皿に戻した。

帰りに、おばさんはタッパーに入ったハンバーグとアジフライをくれた。

わたしは柳川さんの家を出ると、野良猫のエサ置き場に向かった。そこに、もらったタッパーをひっくり返して中身を全部置くと、三メートルくらい先に置かれたゴミ箱に向かって、えいっとタッパーを投げた。

「ナイスシュッ」

めずらしくストンと一回で入った。わたしは小さくガッツポーズをすると、パンパンと手を勢いよく払って、やっぱりママの店へ走った。

「喫茶&スナック　シャレード」へ。

4

今日は雨が降っていてお店まで歩けそうになかったので、まっすぐ家に帰ってきた。

ほんとうは、雨の降る日に一人で家にいるのはちょっと苦手だ。

雨の日は、誰もいないはずの階段とか二階から、パキッパキッと音がすることがある。

ああ、どうかあのへんな音しないでくれと念じながら、こたつに入ってポテトチップの袋を開ける。そのままばりばり食べていると、あの音がした。今、絶対に聞こえた。

どきどきしながら、そうっと階段まで行って、二階を見上げる。

「誰かいんの〜？」

薄暗い階段の上に声をかけてみる。返事はない。

闇に目を凝《こ》らしていたらどこか違う場所に吸い込まれそうで、慌てて階段の電気をつける。

わたしは急いでこたつにもぐり込むと布団をかぶり、じっとしていた。赤い光を浴びながら息を潜《ひそ》めて、相手の様子をじっとうかがう。

そいつは、階段をゆっくり、一段ずつ下りてくる。テレビの音を大きくして驚かせたほうがいいのか、それとも見つからないように隠れていたほうがいいのか。

どうしよう、こわいこわいこわい。来るな来るな……。

「ほのみ、ちゃんと布団で寝なさい」

こたつで寝ていたわたしにおねえちゃんはいった。

おねえちゃんは部活をしているので帰りはだいたい夜七時くらいになる。もうそんな時間なんだ。

おねえちゃんは制服のブレザーをハンガーにかけると台所へ行った。

「なあ、二階に誰かいるみたいな音すんねん、めっちゃこわいねん」

背中に向かっていうと、おねえちゃんは顔をこっちに向けることもなく、二人分のご飯をよそっている。

「昨日もカレーやったやん」

「ママはこの時間、一生懸命に働いてんねんで」

カレーをテーブルに置きながらおねえちゃんはいう。

「ジャガイモ、入れんといてっていうたやん」

「そしたら、具なくなんで。人参だけでええのか？」

「肉は？」

「昨日、あんたにたくさんよそったやろ、今日はちょっとになってんもん」

「そしたら、シーチキン入れる」

「今日はこれでええやろ」

「いやや！」

わたしは立ち上がって缶詰の入っている戸棚に背伸びして手を伸ばす。

「ママ、ビール飲めへんかったん知ってる？」

シーチキンを手にして座り直すと、おねえちゃんはむすっとしていた。

「知らん」

「今ごろ、足上げて歌ってるわ」

「これ、開けて」わたしは缶詰をおねえちゃんに差し出す。

「ママ、必死で働いてるねんで」

「なあ、開けてーな」

「ちょっとは自分の部屋くらい片づけーな。ママ忙しいねんで。このカレーもその缶詰も、ママがビールをいっぱい飲んで、しんどいことして買ったもんやで」

「だって、二階の部屋、一人で行くのこわいんやもん」

おねえちゃんはふう～っと鼻息を出すと、わたしの手から缶詰を取り上げて、器用にスパンと開けるとテーブルに置いた。


朝、ママは寝ているので、わたしたちは自力で起きないといけない。

冬休みも間近のこのごろは、寒くてなかなか布団から出られない。

ぎりぎりまで布団にいて、ようやく起きてくると、いつもこたつで寝ているはずのママがいない。帰ってこなかったのだ。

ゆうべ、ママとの伝言ノートに「体操服のゼッケンをつけておいて」と書いたのに。

「おねえちゃん、どうしよう」

「貸してみ」

おねえちゃんは引き出しから安全ピンを取り出してゼッケンの四隅を留め始めた。

安全ピンは身体に当たると、びくっとするほどひんやりするからあまり好きではないのだけど、おねえちゃんの手を見ているといやとかいえなくなった。


放課後、帰ろうとしていたら、同じクラスの多恵《たえ》ちゃんのお母さんが学校にやってきた。

多恵ちゃんが「わたしのお母さんなあ、占いできるんやで、手相見れるんやで」といつも自慢していたので、みんなのリクエストで来てくれたのだ。

多恵ちゃんに似て太めで、うちのママとはぜんぜん違う、だぼだぼした花柄の服を着ている。魔法使いみたいに細身で黒い服を着た人を想像していたら、八百屋みたいなエプロンまでしていた。

多恵ちゃんのお母さんは子どもたちを集めて、大声でなにかしゃべっている。近寄ってみると、ゆきえちゃんも、えぐっちゃんも、みんな自分の手を出してはしゃいでいた。

「わたしも見て〜、次はわたしや〜」

おばさんは「見た目がっかり」に反してすごい人気で、あっという間にクラスの大半の女子が集まってしまった。

「まあ、待って。順番やさかいな。ほな次あんた」

とかいいながら、山田《やまだ》さんの手をとって真剣な顔で見つめている。あなたは結婚して子どもが三人になるよ、とか、あなたは学校の先生に向いているんじゃない、とかいって、そのたびにみんなは口をそろえて「きゃ～」とか「へ～そうなんや～」と叫ぶ。

黙って見ていたわたしに、多恵ちゃんが声をかけた。

「あんたもこっちおいでよ、お母さんに見てもらっていいんやで」

「いらん」

なんとなく気が乗らなくて断ったけど、なんでか多恵ちゃんはあきらめない。

「なんでやな、ほのみちゃんもやってもろたらええやん」

今度はすごい力でわたしの手を引っ張った。みんないっせいにわたしを見る。

「面白いで。やってもらいーな」

しぶしぶ手を出すと、

「なんや、しんきくさい子やな」

ぶつぶついいながら、おばさんはわたしの手を取った。その瞬間、身体中にさぶイボが出た。おばさんの手はむにゅっとして湿っていて、なんだかとても気持ち悪い。

それにへんな花柄の服からは揚げ物のにおいがする。

おばさんは眉間《みけん》にしわを寄せ「むっ」といったきり、しばらく黙った。

「あんた、すごい相出てるわ。おばちゃんいいにくいんやけど、正直にいうのがモットーやし、いうな。あんたの未来な、茶色い髪の毛してお化粧たくさんしてな、えらい派手になっていくわ。ほんでな、中学校卒業するくらいには子どもできてるようやわ」

わっとまわりがどよめく。

「いや～、ほのみちゃん、そんなに早く子どもつくるん？」

「うわ～、人は見かけによらへんなあ」

みんな口々に好きなことをいうなかで、多恵ちゃんのひときわよく通る声が響いた。

「それって、不良になってグレてしまうってことやろ？　な？　お母さん」

わざわざ念を押すと、おばさんが「うん」とうなずいたものだから、まるで蜂の巣をつついたかのような騒ぎになった。

「そ、そんなことないわ」

わたしの声は誰にも届かない。半笑いして突っ立っているしかなかった。

「中学校で子どもができる」という暗示はわたしにとってとてもどんよりしたものだった。

重たい気持ちを引きずって、石を蹴りながら家に帰った。

その日、途中まで一緒だった柳川さんは「あのおばさん、へんやし当たらへんよ」といってくれたけど、何度も思い出しては「そうかも」「そうかも」と、ぶくぶくと重たい気分は膨らんでいった。

「あ、しまった」

鞄の底も、ポケットも、植木鉢の下も探してみたけど、やっぱりない。鍵を持たずに学校に行ってしまったのだ。玄関の前でわたしは焦って汗をかいて、しまいには呆然とした。ピンポンを押したって無駄なことはわかっている。

三十分歩いてママの店に行こうと思ったけど、木曜は喫茶店はやっていない日だ。おねえちゃんは部活で遅いし、パパも毎晩十一時すぎにしか帰らないから、あと五時間以上は待たなきゃいけない。

冬の曇り空は、足の先だけじゃなく心までしんしんと冷やしてくる。

お腹も空いていたわたしは、なんとしても家に入りたくてあちこちを探し、ついにトイレの窓がわずかに開いているのを見つけた。

トイレの窓は駐車場に面した家の左側にあり、背の順で前から六番目のわたしでもなんとかよじ上れそうだった。

そこらにあったバケツを踏み台にして「よいしょっ」とトイレの窓に手をかける。そのままの勢いで窓を開け、頭からすべりこませた。

そこまではよかったんだけど、身体を半分入れたら足を入れるスペースがないほど窓は小さかった。しかも、あっち側、つまりトイレの内側にもやっぱり高さがあった。上がるときにバケツが転がったので、足下はぶらぶらと宙に浮いたまま、前にも後ろにも行けない。

寒い、寒い、寒い。サッシがお腹にあたって痛いし、トイレはくさいし、泥棒みたいな格好だし、どんどん惨《みじ》めになってくる。

どうしてママはいないの？　どうしてうちはいつも誰もいなくて寒いの？

そう思うとじわじわ涙が出てきて、トイレの床にぽたぽたと落ちていく。

「あんたそこでなにやってんの？」

二十分くらいたったころ、後ろでママの声がした。

助かった。安心が一気に広がったけど、声が半笑いだったことに腹が立って、

「だって、入れへんねんもん。うちは他の家と違って誰もいーひんねんもん」

トイレの窓に顔を突っ込んだまま叫ぶと、ママは、

「あほちゃう、あんた」

ひくひくと笑いながら、半分外に出ていたわたしのお尻をぎゅっとつかんで、引っ張り下ろしてくれた。

「こんなとこからよー入ろうと思ったな。もうちょっとやったやん。惜しかったな」

わたしの服についたホコリを払いながら、ママはさっきよりも大きく「ふふふ」と笑いだした。

わたしはママのヒールの先を見つめて唇を噛んだ。どんどんムカムカしてきて、どんどん涙が出て、トイレの窓にはさまったということが恥ずかしくて、どうしていいかわからない。

「ほら、泣いてんと、寒いし家に入ろ」

玄関に向かうママの背中にいった。

「ママのあほう……」

「なんやな」

「ママのせいやで」

「はあ?」

「ママのせいで、ほのみはかわいそうな子どもやねんで」

ママからしゅ~っと笑顔が消えて、ちょっと真面目な顔になった。

「ママ、ずっと夜もいーひんやんか。放ってばかりやんか。他のお母さん、家にいつもいはるで。それでほのみのことを『かわいそうに』っていわはるで。誰もいないやん、トイレにはさまって死んでも誰にもわからへんやん。こんな家やったら、誰でもグレて不良になるわ。ママみたいな茶色い髪して、化粧けばけばして中学で子どもつくって……そう多恵ちゃんのおばさんに占いでいわれたんやから。ママのせいやで！」

鼻水がずるずると出ている。

ママ「ごめんな」といって。「もっと家にいるようにするわ」といって。お願いママ!!

「どうぞ、グレてください」

ママは、わたしをまっすぐ見つめていった。

「あんたが不良になっても、あんたがそうしたいんやったらママはそれでもええねん。ママはあんたが不良になっても痛くもかゆくもないねん。そやけどな、誰が損すんの？あんたがいややったら、そうならへんかったらええんちゃうの？　だいたい、誰かのせいでそうなると思ったら、これからあんたどうやって生きていくの？　全部自分で選んだことやねんから。もっと大人になったら、それ全部自分で責任とっていくんやで。あんな、ママは幸せやで。誰になにいわれてもな。だって自分で選んで生きているんやもん。だから明日死んでも悔いないわ。あんたな、幸せになりたいんやったら、誰かのせいにしたらあかん。誰かに頼んでもあかんねん。そういうもんやねん」

いつの間にかママはわたしに近づいて、小さいころからやっていたように、ぎゅっとわたしを抱きしめていた。

そして、涙でかぴかぴになった冷たいほっぺたに温かいほっぺたを押しつけた。

ママの体温がじんわり移ってきて、わたしの乾いたほっぺたがもう一度濡れる。

部屋に入ってから、ママが聞いた。

「さっきの占いのおばはんってなに?」

「学校の友達の多恵ちゃんのお母さん」

「そのおばはんが、不良になるとかっていったんか?」

「うん」

ママはしばらく考えて、

「あほらし。そんなおばはん、地獄行きやで」と笑った。

「なんかな、そのおばちゃんのスカートは足首くらいまであって、だぼだぼの花柄でな、へんな感じやってん。ママとぜんぜん違うねん」

わたしは、ママの太ももが見えるくらい短くてかっこいいスカートを見ながらようやく少し笑った。

5

アジ塩焼き、スパゲッティミートソース、サバ唐揚げ、ネギ焼き。ママがつくってくれた料理が今日もテーブルに並ぶ。

伝言ノートには「今日のメニューはアジ、サバ。新しいからおいしいよ。全部食べてね！」とママの文字。イラストまでついている。サバ唐揚げの絵には「この上にあんかけをかける」と説明がある。

わたしたち三人の伝言ノートは、ママがお店を始めたころから何年も続いている。もう何冊目かわからないけど、会えない時間が多いぶん、文字でたくさんたくさん会話をしてきた。

「なに食べたいか悩んだ末のバラバラメニューやな」

おねえちゃんはテーブルに並んだおかずを見て笑った。そして「ママ、忙しいのになあ」といいながら電子レンジに皿を運んだ。

食べ終わると、おねえちゃんはまだ温かいジャーを両手で抱えて、きょろきょろ部屋を見回す。そして、こたつ部屋の右側にある押し入れを開けると、

「ご飯はここに」

と、どすんと置いた。重ねられた座布団がもごっと凹む。

ジャーにはママがママのお金で買って、わたしたちのために炊いてくれた白いご飯がたっぷりと詰まっている。

お米であれなんであれ、うちはすべてが「ママのもの」と「パパのもの」にまっぷたつに分けられている。そう、折半なのだ。これはパパのものではない。

なのに、パパはいつもこっそり食べてしまう。朝、お弁当のおかずを詰めたあと、ジャーを開けたら「ご飯ない！」となったことが何度かあって、わたしたちは売店で買うパンのお金を小遣いから出すはめになった。そこでわたしたちは、象のマークの炊飯器を隠すようになったのだ。別にケチくさいことをいってるわけじゃない。お金を払えば食べてもいいし、お金がないなら、ちょっとくらい分けてあげてもいいと思っている。

でも、洋服屋を二店舗経営しているパパはお金がないわけではない。なのに、こっそり食べるというところにどうしても腹が立つのだ。

そんなの大人のすることじゃないでしょ？　いや、親がすることじゃないでしょ、というべき？　わたしは心のなかでパパを「おっさん」と呼ぶようになった。

とにかく、こっちだって油断ならない相手を指をくわえて見ているわけにはいかない。

だから、わたしとおねえちゃんは、ママの陣地を守る兵隊のように、缶のなかに入っている海苔の減り具合や、鍋に残った味噌汁があと何杯分あったとか、そんな細かいことにせこく目を光らせている。

でも、最近のおねえちゃんはちょっと変わった。この前、伝言ノートに「パパがご飯を食べようとしてたから『あかん』っていうたら『炊飯器はオレが買うたんや』って。もう腹も立たへんわ。パパはあかんみたい。もうなんもいわへん。あの人にぎゃーぎゃーいうのはばからしい。もう、なにをいうても無駄や」と書いてあった。

前はもっとケンカをしていたのに、今はおっさんの前ではゾンビみたいに「そう」「ああ」「うん」としかいわなくなったのだ。感情を殺すようになったおねえちゃんの横で、わたしは一人にらみをきかして、まだぎゃーぎゃーと噛みついている。

わたしはケチなおっさんがさっさと死んだらいいと思っている。態度は違っても、思いはおねえちゃんと同じだ。

おっさんが店の仕事から帰ってきたので、ママから預かった封筒を振って見せた。

「ああ。わかった」

すんなり受け取ってくれた。ほっとする。今日は店の売り上げがよかったのかもしれない。なかには電気とガスと水道の振込用紙が入っている。

おっさんは今日も「もったいない」といいながら帰るなり部屋中の電気を消してまわった。ときどき、お風呂に入っているときに消されることもあってすごくこわい。そんなときだけは、真っ暗な風呂場からわたしは大声で怒鳴《どな》る。

「消さんといて〜風呂入ってる！」と。

いくら叫んでもおっさんは真っ暗な風呂場にわたしを残して階段をどすどすと上がっていく。

わたしは仕方なしに風呂から出てタオルを羽織《はお》ると手探りで電気のスイッチを探す。シャンプーをしているときは最悪で、洗面所が泡だらけになってしまう。

探り当てた灯《あか》りがともるころ、おっさんが二階でテレビをつけている音がしてくる。こんなのは日常茶飯事だ。でもあきらめないで毎回わたしは叫んでいる。あんたなんか大嫌いという思いを込めて、力いっぱいに叫ぶのだ。

翌日、学校から家に帰ってくると伝言ノートに「ほのみちゃん、パパに教科書代をもらっておいてね。それから、ママがお店に行って家にいないときはパパによけいなことをいってはダメよ。いうだけそんよ。いけずされて泣かされてな、ばからしいよ。ガマンしてなにもいわないほうがずっとえらいよ。世の中いろんな人がいるけど、人を傷つける人はかならずいつか神様がバチを当てるから。ガマンやで」とママの字で書いてあった。

わかってる。でもわかっていてもできないことがたくさんある。わたしはふう～とママの真似をしてわざと大きくため息をついてみる。

夜十時すぎ、おっさんは帰ってきた。自分の部屋に入るとテレビを見始めたので、わたしは「よしっ」と気合いを入れて、階段を上った。

おっさんは、缶ビールを飲みながらテレビを見ていて、わたしが部屋に入ったことに気づいているくせに振り向きもしない。

「パパ、教科書代ください」

「また金か。おまえは金の話しかせーへんのか」

「とにかく五千円ないと困るんや」

「持っているやろ」

「へっ？」

「お年玉とかあるやろ。おじいちゃんにもらったやつとか」

「ないよ。問屋さんで文房具とか買うたやん。そのときに使ったし」

わたしはそれらを柳川さんに全部あげてしまったことを思い出して悲しくなる。おっさんは、テレビのほうから目をそらさずにいう。

「今、財布に金が入ってないし、明日な」

「そんな困るねん。明日の朝いるみたいやねん」

「ママに立て替えてもろうたらええやろが」

「そうやけど。いるもん」

「明日やいうてるやろ！」

「明日のいつ？」

「明日帰ってきたときや」

「ほんまにくれるの？」

「おまえ、うるさい」

おっさんがわたしの頭をぱしっと叩く。

わたしはじっとおっさんの顔をにらむ。じわじわと涙がにじんだときに伝言ノートにあったママの言葉を思い出した。

「わかった」下唇を嚙んでわたしは部屋を出た。

おっさんのにおいを嗅ぎたくなくて、息を吸うのを最小限にしていたので、息を目一杯吸い込んでむせた。

おっさんは、とにかく金を払わない。催促してもいやみをいって、一度の催促では払わない。できれば催促も集金もしたくない。もっともっと嫌われるし、わたしもさらにおっさんを嫌いになる。嫌いがぶくぶくと膨らんでしまうから。

それでも、わたしにはお金がないし、歯医者に行ったり、学校で使うものを買ったり、たくさんのことがある。

たとえまともな家族でなかったとしても生活は毎日進んでいくし、お金は必要なのだ。

お金を稼ぐためにママは夜遅くまで働く。

お金がかかるわたしたちがいて、ほんとうにごめんなさい。

「ママへ
今日、おっさんがなんか、たたくのはおまえだけやとかいいよんねん。
パパなんか大大大大きらいや。
ほのみはパパが死んだら十つぶのなみだをこぼして、
ママがもし死んだときは九千兆と九百兆と九十兆のなみだをながすよ。
そして泣きすぎて死んじゃうよ。
そのためにママには長生きをしてもらわなあかんねん。
タバコやめて、お酒少なくして、ずっとずっと、ほのみのママでいてね。大好きなママへ。ほのみ」

「ほのみちゃんへ
またパパにたたかれたか。
もうママは腹が立って立って立って。かわいそうにな。
きっとかたきをうってやるな。
お店に電話があるとママはほのみがまたパパにしばかれたんやとすぐにわかる。
ほのみはおりこうやのにな。ママはわかるよ。見てなくてもわかるよ。
悪いことして怒られるのはわかるけど、
口でいうぐらいでたたくなんてどうかしてるわ。やっつけたるしな。
大大大大大大大好きなほのみ。ほのみはママの〝タカラモノ〟
ママは幸せ。ほのみがいてくれるから。ママより」

ママは伝言ノートによく「家を出ていきたい」と書く。「お金のことや夫婦のことごめんね」「ほんとうは勉強だけして他のこと考えなくていいのにごめん」「お金貯めてこの家を三人で出ようね。待っててね」そんな言葉が、何度も出てくる。

2章　わたし、思春期

1

春日駅の改札を出ると左側に西友があって、右側に「パチンコ春日」というパチンコ屋さんがある。大人のゲームセンターだとママは笑うけど、中学校の先生はゲームセンターを不良のたまり場のようにいう。ママは大人の不良ということか。勝手にグレろといいながら、ママはとっくにグレている。悪い見本だ。

手元に固くたたんだ縦五センチ、横二センチくらいの小さな紙をはさんで、赤くてまるい握りの部分を固定し、自由になった細くて白い指先でタバコを取り出し、じっと台を見据《みす》えたまま上手に火をつける。

銀色の玉はさっきから、チューリップのところに入りかけては、そのプラスチックの花びらに暴力的に弾かれ拒絶されて、飛び降りるように下の穴に吸い込まれていく。

大当たりには、たくさんの犠牲が必要だ。その他大勢は報われず、わずかな数個の玉だけが選ばれる。

パチンコをやっている人たちは、自分が銀色の玉になり、この台に放たれたなら、チューリップのなかに入れる自信はあるだろうか？　そんなことは考えないから、このゲームを続けられるのだろう。

わたしはパチンコ屋が好きじゃない。うるさいし、くさい。それに、パチンコ台はまぶしい。

じっと見ていると、頭がくらくらしてくる。目を閉じてもそのチカチカした光はなかなか消えなくて、一回見たら目の奥にチカチカした妖怪が住み着いてしまう。

妖怪がこれ以上襲ってこないように台から目をそらし、わたしはその光を凝視している周囲の人たちを観察する。隣にいる薄緑色のジャンパーを着た男の人も、赤いジャージを着たおじさんも、グレーのスーツを着たお兄さんも、みんな養鶏場の鶏《にわとり》のようにまっすぐ並んで台を見つめている。騒音とチカチカした光が充満するこの不思議な穴のような場所に集まる人たちは、太陽が苦手な人間のようにわたしには見えた。

でも、ママはちょっと違うと思う。ママには、ほんとうはパチンコ屋も夜の店もあまり似合っていない。

それにしても、煙がすごい。ママの隣の空いている台に座ったわたしは、五分も待てずに鼻をもぞもぞさせながら「まだ?」とママを急《せ》かした。早く出ないと妖怪が伝染《うつ》る。

「もうすぐ出るわ、これええ台やねん。入るで次。入るしな」

制服にタバコのにおいがつくのがいやで顔をしかめるわたしを見て、ママは子どもみたいにきゃっきゃっと騒いでいる。

騒ぎながら、わたしのお尻のあたりを片手でぎゅっとして自分のほうに引き寄せる。ママの目を覗《のぞ》き込むと、妖怪は住んでなさそうだったので、わたしはほっとして、ママのふんわりした香水のにおいをいっぱいに吸い込んだ。

「ほら、フィーバーきた」

ママは出てくる玉を透明の入れ物にじゃらじゃら溜めて笑う。長居はしないのがママのやり方で、たいていの場合、ちょっとするとパチンコを切り上げ、バンビに向かう階段を上った。

バンビとはパチンコ屋の二階にある喫茶店で、カウンター席が六つ、四人掛けのテーブルが二つ、カウンターの隅っこには雑誌と新聞が重ねて置いてあり、女の人が一人でカウンターのなかに入っている。ようこさんというその人は、少し太っていて、縮れた髪を後ろでひとまとめにしている。

紺地に白い字で「喫茶バンビ」と書かれたエプロンをして、いつもお客さんと大声で話しながら、喉ちんこが見えるくらい大きな口を開けて「がははは」と笑うのだ。

コーヒーを淹れるよりコロッケを揚げているほうが似合いそうなようこさんが、わたしは好きだ。初めて会ったときからなんか好きだった。なんでそんなふうに感じるのだろう。

多恵ちゃんのお母さんみたいに、瞬間的にいやな気持ちになる人もいるのに。

洋服を脱いで、肉も骨もとって、外側にあるものを全部はぎとったら、きっと人の真ん中にあるものに辿り着く。暗闇で光るろうそくのように、ポワンとあったかい光を出している人が、わたしはたぶん好きなのだ。

ようこさんは、わたしが席につくと黙ってバナナジュースをつくってくれる。

ママが昼間にパチンコをしたりバンビに来たりしているのは、わたしが六年生になったころに昼間の喫茶店をやめて、夜のスナックだけをするようになったからだ。

昼に店を開けない代わりに、ちょっとでも夜遅くまでやったほうが「わりがいい」とママはいう。そのせいで、ママは朝起きられなくなって、ときどきお店で寝ているのか、朝まで家に帰ってこない日も多くなっていた。

カウンターの左端に座り、壁にもたれてアイスコーヒーを飲んでいたママが、

「そろそろ出勤や〜」

といってうーんと上に伸びをした。ママのちょろちょろ生えた五センチくらいの細いけど黒いわき毛が見えた。

普段、女の人のわき毛を見ることはあまりない。学校で誰かのわき毛がシャツの隙間から少し見えたりすると、そのことを本人にはいわずに、「生えてたな、○○ちゃん」とみ

んなひそひそと話した。わき毛とはそういう扱いをされるものなのだ。

「ママ、もう、わき毛」

右隣に座ったわたしは小さくいうと、咄嗟《とっさ》にママのわきを押さえた。

でも、袖口がフリルになったピンクのノースリーブを着たママのわきは隠しようがない。

自分の毛じゃないのに、すごく恥ずかしい。

「なんで毛え剃らへんの？」

「へえ？」

「髪の毛毎日カーラーで巻いたりして手入れしてんのに、マニキュアだってきれいに塗ってんのに。わき毛だけなんで……」

「なんで？　みんな、普通に生えてるもんやで」

「なんでって……恥ずかしいやん」

「そしたら『恥ずかしい』と思う人だけ剃ればええことや。ママは恥ずかしくないし。なんも問題なし」

「なんで、ママは恥ずかしないの？」

「これでええと自分が思ってるからや」

「ようわからん」

「人がどうとか関係ないから。ママの毛え見て、いやな顔する人は寄ってきいひんし、なんとも思わない人だけが寄ってくる」

「恥ずかしいのはママじゃないで。見ている人が恥ずかしいんやで」

「みんな、見たいくせに目をそらすんや。人ってな、面白いんやで。見て恥ずかしいものほど、ほんまはものすごく見たい。だから、やらしい写真とかは人前では見ないくせに、陰で見るんや。恥ずかしいのはそういう行為やとママは思うねん」

「ほのみは剃りたいけど」

「まだ生えてへんやろ」

「生えてきたらや」

「好きにしたらええやん。ママはママ、あんたはあんたやもん」

「そやけど、恥ずかしいって思って隠すのはあかんみたいなことというたやん」

「しゃあないやん。恥ずかしいと思うのはママじゃなくてあんたやもん。あんたが思うことが、あんたの正義やさかいな」

ママはじっとわたしを見つめる。たかがわき毛のことで、ママは真剣に向かってくる。

ようやく腕を下ろしてくれたので、わたしはほっとしてママを見て笑った。

ママはわたしのバナナジュースを横からごくんと飲む。ストローにほんのり赤い色がつく。

ニッと笑って目尻にしわを寄せたママは、れんげ色の指先で新しいタバコを一本抜き取った。

2

学校から帰ってきたわたしに、めずらしく家にいたママが「おかえり」もいわずにわあっと近寄ってきて、わざわざ耳元で、

「ほのみちゃん、おいしいもの食べたくないか?」といった。

勢いにのまれてコクンとうなずくと、ママはにまーっと笑って、さっきとぜんぜん違う大きな声でいった。

「やった~! ほんなら、行くで。今日おねえちゃん遅いから晩ごはんつくってないし、外食しよ。ママ、あんたのこと連れて行きたくて待っててんや」

「え、ちょっと待ってどこ、なに食べるん?」

「偉い人が連れていってくれるとこ」

「だれ? 偉いって?」

「大きな会社の偉い人よ。気取って高いもん食べるんや」

そうして制服を着替える間もなくママに腕を引っ張られるように車に乗り込んだわたしは、シャンデリアがたくさんぶら下がったきれいなホテルに到着し、紺色のワンピースを着て髪をアップにしたママと、気取った高いものを出す夜景のきれいなレストランに座っていた。

「荻原《おぎわら》さんは、大きな化粧品会社の京都支社を任されていて、東京から単身赴任でこんな田舎にきはったんや」

そう説明するママの向かいに座った荻原さんは、わたしを見て歯を見せないでにこっと笑うと、低い声で「よろしく」といった。小さくて、大福みたいな人だった。

わたしは、どうにか笑ってから「はい」といった。制服のまま、長ったらしい名前のホテルの空に近い場所で、膝をぴっちりつけてかしこまっていた。


出てきたのは、今までわたしが見たこともない料理だった。

最初は、大きな黒いお皿に盛られた、いろいろなおかず。おかずといっても、それは飴細工でできたかごのような器のなかに、わざわざ紅葉《もみじ》の葉っぱなどが飾ってあって、栗と銀杏《ぎんなん》となにかわからない物体が並んでいるようなものだったり、葉っぱでくるんだ小さなお寿司だったり、とにかく料理とは思えないくらい手の込んだものだった。

白身魚はクリームで味付けしてあって、牛肉はやたら分厚くて、なかが少し赤かった。ママに「なか、生やで」というと、「そういう肉なのよ」と気取った声で笑われた。

正直なにを食べているのか、おいしいものなのかどうかもあまりわからなかったけど、天井が高いとか、ウエイターの人がすごく丁寧な言葉を使うとか、ナイフとフォークがたくさん並んでいることとかが、まるでドラマに出てくる金持ちの食事のようだったので、わたしも自然に背筋が伸びて、ママにならってやわらかく微笑《ほほえ》むように心がけた。

たまにお土産を買ってきたりすると「これはオレが買ったんや。どうや、うまいやろ？オレのセンスいいやろ？」と押しつけがましく自慢するおっさんと違って、荻原さんは一切「おいしいやろ？」とはいわなかった。

代わりに「ほのみちゃん、口に合えばいいんだけど」と東京の言葉で遠慮がちにいうのだった。

ママは荻原さんのことを「おぎちゃん」とやさしく呼んで、小さな瓶に入ったビールを両手をそえて丁寧に注いであげていた。

帰り際、レストランの入り口にあったショーケースにわたしがちょっと目をやったことに気づいてくれて、金色のリボンのかかった赤い箱に入ったチョコレートをわざわざお土産に持たせてくれた。

おぎちゃんは、かっこよくないけど、今まで会ったどんな大人よりもやさしい男の人だと思った。

おっさんが「どうせ捨てるのにもったいない」というリボンは、どきどきしてうっとりするものだった。それをもったいなくてほどけないわたしは、いつまでも中身を食べることができず、勉強机の上にずーっと飾って眺めていた。

3

バンビでよく会う男の人がいた。みんなから「りゅうちゃん」と呼ばれていた。

背が高くて、しゅっとして、ちょっとテレビに出ている俳優さんみたいな人。

前に一緒にごはんに行った荻原さんよりぜんぜんかっこいいことは確かだ。ママがバンビにいると必ずママの横に座る。

昼間から喫茶店に来られる大人がいったいどんな仕事をしているのかはわからない。でも、働かなくてもいいくらいお金持ちにも見えないから、人が寝ているときに仕事をしているんだろう。

わたしが持っているりゅうちゃんの情報はこれがすべてだ。

とにかく昼間の喫茶店というのは、なにをやっているのかわからない大人がだらだらと集まる場所となる。みんなよくあんなにコーヒーを飲むなと思うし、決まってタバコをパカパカと吸うのだ。

子どもに不良になるなといっておいて、大人の不良はあちこちに存在する。けど、彼らはなぜか、毎日ちゃんと電車に乗って会社勤めをしている人よりも楽しそうだった。見本にならない大人のほうが楽しそうだというのは、子どもにとってよくわからない現実だ。

ママがお店を夜だけやるようになってから、ママの妹のみっちゃんも店を手伝うようになった。スナックシャレードがいつもお客さんでいっぱいで、ママがテーブルやカウンターをあっちこっち移動しながらお酒を飲んで、いろんなお客さんと歌わないといけなくなってしまったので、ママがみっちゃんに頼んだのだ。

みっちゃんは昼間、京都市内の美術館で事務員をやっている。

「美術館って、あの岡崎の？　ええとこやん」

ようこさんがみっちゃんにいう。

「うん、あの仕事めちゃくちゃ退屈やで」

「優雅でええやないの。文化的でかっこいいわ」

「そうやねんけどな。毎日あくびこらえて、今日が早く終わりますようにって願いながら仕事しているのはつらいねんで」

みっちゃんは言い訳するようにもじもじする。

「まあなあ。うちもそんなん無理やけどな」

ようこさんは「がはは」とやっぱり怪獣みたいに喉ちんこを見せて笑う。そして学校帰りに顔を出したわたしの前にバナナジュースをとんと置く。

「ママは？」

「スーパーで買い物してくるって」

「ふうん」

みっちゃんは、隣に座るわたしのほうに左肩をスライドさせると、にやにやしながら囁《ささや》いた。

「あんな、りゅうちゃんってママの彼氏やで」

「へっ、なんやな」

「見たらわかるやろ」

「別に、関係ないし。でも荻原さんは？」

「そうやねん！　荻原さんは大きな会社の専務さんやったからお金があったしなあ。あっちのほうがいいねん」

声が大きくなったので、ようこさんが気をきかしてか有線をクラシックから歌謡曲に変えた。

「へえ」

「あのりゅうちゃんは遊んでるっぽいし。お金なさそうやし、ママより年下やしなあ」

「そうなん。かっこいいやん」

みっちゃんはわたしの顔をじっと見て、それから制服姿のわたしを上から下までじっくりと眺めると、

「あんたいくつになったんかいな？」と急に話題を変えた。

「中一」

「多感な時期にまあ」

一瞬悲しそうな顔をしたと思ったら、みっちゃんは下を向いて肩を揺らしていて、顔を覗くと涙を流して笑っていた。

「なんで笑うのや、ひどいなあ」

「スカートも長くないし、学校も休まへんし、髪の毛真っ黒でまっすぐで。どこから見ても真面目な中学生やないの。おかしいわあんた。グレないなんて……おかしい」

「なんで、そう決めつけんねんな」

「だって、学校に不良がいるやろ？」

　ここにも大人の不良がたくさんいるよという言葉を飲み込んでいう。

「いるよ、スカート引きずるくらい長くてタバコ吸って、授業さぼって、先生に反抗的で、ものを壊すような人」

「そうやろ」

「でも、その人の親は、見た感じ普通のお母さんとお父さんやで」

「ふうん、そうなんや」

「あのな、前に友達のお母さんに『かわいそう』っていわれたことあんねん。おかずもらったことあんねん。タッパーに入ったやつ。そんとき、かわいそうって決めつけられるのいややったんや」

　みっちゃんがうなずく。

「薄着したら風邪ひくとか、漫画読んだらアホになるとか、大人って決めつけてばっかりや。でもな、分厚いの着てても、風邪ひく人いるもん。学校で成績一番の人、漫画大好きやもん。違うんやもん、ぜんぜん」

わたしは、バナナジュースをずずっと吸い上げて、まだいい足りないことに気づく。

「自分の人生やし、自分で責任とらなあかんのやろ？　ほのみは絶対に不良になんかならへんねん」

「まあ、そうやな。おじいちゃんとおばあちゃん、真面目でいい人やのに、あのママやしなあ」みっちゃんはまたくつくつと笑い始めた。

「あいがとびたつ〜　きーた〜くうこう〜」

下手くそな歌声とともにママがバンビに入ってきた。両手に持ったスーパーの袋をテーブルに置きながらいう。

「アイスコーヒーちょうだい」

ようこさんは「はいよ〜」と返事をした。わたしは晴れ上がった空みたいな気持ちになって、「家に帰るわ」と真面目な中学生らしく席を立つ。

「あ、もう帰るんか？」

「うん、宿題するねん」

ママはうんといって、にんまり笑う。

外に出て新鮮な空気を吸って自転車をこいでいたら、知らずに『北空港』を口ずさんでいた。田んぼは今日もきらきらしている。

4

中学二年になり、ようやくわたしは初潮を迎えた。

ママもおねえちゃんも小学校高学年のときにやってきたと聞いていたので、発育の遅いわたしとしては、ようやくきたかという安堵感で、それはもう幸せいっぱいだった。

しかしそれは、どんくさいわたしにぴったりなタイミングで、夏の臨海学校のちょうど二日前だった。

とはいえ、生理中の女子は海もプールも温泉も「見るだけ」になってしまうものだから、わたしは完全にそれを受け入れていたし、泳ぎがそれほど好きなわけでもないので、まあいいやとむしろ喜んでいたのだ。なのに、わたしの気持ちなどお構いなしに、ママはどうにかしてわたしを海に入れようとおせっかいを焼いた。

「ほのみ、タンポンしたらいいやん」

「へっ?」

「タンポンしたら海入れるやん」ママはしつこく繰り返す。

小学生のときから体操服のゼッケンを安全ピンで留めていても、ピアノや習字をさぼっても無関心だったくせに、なんでこういうことになるとこんなにも積極的なのか。

ママはどこからか青と白のタンポンの箱を取り出した。

「そんなん、ええわ」わたしは数歩後ろに下がって箱を見る。

「誰にでも穴はある。そして必ず処女でも、入る」

処女でも入る。わたしはママの言葉を心のなかで反復した。

「怖いし、いいわ」

わたしはママの差し出す箱を押し戻しながら小さい声でいった。それでもママはまた押しつけてくる。

「とにかくあんた、トイレに入りなさい。ママ、ドアの外にいてあげるから」

「いやや」

「いいから。こんな小さなもの、小指サイズやんか」

「はあ?」

「いいから、やってみ。逃げたらあかん」

さらに抵抗するわたしに、ママはいつになく真剣に迫った。

付けまつ毛と濃いアイラインでやたらとデカくなった目には迫力がある。さらに頭をカーラーで巻いているせいで、今日に限って矢印型のしっぽを振っている悪魔のような威力を増している。

トイレのドアの前までじりじりと詰め寄られ、逃げ場を失ったわたしは、押しつけられた箱をおそるおそる受け取りながら、しぶしぶ「わかった」というしかなかった。

しかし……ちっともわからない。これをどこに、どうやって？

「ママ、あかんわ」情けない声でトイレから叫ぶと、

「中腰や」ドアの向こうでママが体育の先生みたいなかけ声をかける。

「うん」素直に中腰になってみる。

「ほのみ、声出してみ」

「声って？」

「あ〜、あ〜ん」

ママはへんな声をあげた。

「はっ？」

「だからな、あ〜っていうとな、力抜けるんや。今あんた力《りき》んでるやろ？　だから、声を出して息を吐き出しながら入れるんや！」

「あ〜〜」

「そうそう」

「あ〜〜ん」

「その調子や！　がんばれ！」

ママは運動会の応援をするみたいにトイレのなかにいるわたしに声援を繰り返す。そのうち、この状況がたまらなくおかしくなってきた。ママもドアの向こうで笑っている。

「どんなことでも、怖くなると力が入りすぎるやろ？　そうしたら余計にあかんようになる。だけどな、力抜けたらけっこう、するっとうまくいくもんやねんで。わかる？　だから息を吐くんやで」

それから五分後、汗だくになってトイレから出たわたしを、ママはやたらと褒めてくれた。

「ようやった。なんでも、やってみな答えなんかでえへん。最初から無理と決めて挑戦しいひんのは卑怯者や。あんたはすごいわあ」

わたしはほんとうにすごいことを達成したような気になり、優越感いっぱいで海で泳いで、クラゲに刺されて帰ってきた。

5

ピンク、赤、ヒョウ柄、黒……下駄箱の引き戸を開けると下から二段目と三段目にママの靴が押し込まれていて、わたしはさっきからこのクレヨンの箱のような景色を眺めている。

かかとの細い歩きにくそうな靴しかない。普段のママは車で移動するので、長靴とかスニーカーとかそういう靴がひとつもないのだ。

とはいえ、ここに並ぶ靴はぜんぜん高価なものじゃなくて、京都のダイアモンド靴店とかで売っているようなものばかりだ。そもそもママはあまりブランドものとか高価なものに興味がない。それでも、ママがこれらの靴をミニスカートに合わせて履くと、とても色気が増してしまう。高価なものじゃないからこそ、色気が出るという効果。足が色っぽいならば、男は靴のブランドを気にしたりはしないのだ。

小学校のころ、ママみたいなきれいな靴が欲しくて欲しくて、よく下駄箱を開けてこっそりママの靴を履いた。もちろん、小学生のわたしにはぶかぶかのピンヒールだったけど、いつかそんな靴を履いたきれいな女の人になりたいと思った。なれると思い込んでいた。

ところが、高校生になっても、わたしの足は子どものころと変わらず、サリーちゃんみたいにずどんとした大根のままだった。スカートを短くした友達と並んだとき、わたしはその現実に直面したのだった。そして「大人になればママみたいになれるはず」という幻想は消滅した。

今まで何度「目が大きくてお父さんに似てるなあ」といわれたかわからない(おっさんは九州出身だから顔が濃い)。いわれるたびに、どうか似ているのは顔だけでありますように……と必死で願ってきたのに。「みにくいアヒルの子」は、やっぱりおとぎ話だったのだ。

みっちゃんがママの靴箱を見て、

「カラスが好んで集めそうやな」

といったのを思い出しながらわたしは、いちばんカラスが好きなそうな黒のヒールを取り出して履いてみる。鏡に映すとヒールはちょっとだけわたしの足を細く見せてくれる。わたしはおっさん似の自分のふくらはぎをむぎゅっとつねる。

「いたっ」

じわりと涙が出た。

わたしは足が太いだけでなく、お尻が大きいのもコンプレックスだ。

ジーンズをはいた後ろ姿を鏡に映して気にしているわたしを見て、ママは口紅を引きながら横目でいう。

「あんたはお尻が大きいからええねんで」

「いやや、ジーパン似合わへんもん。ウエストのサイズに合わせたらお尻入らへんし、お尻に合わせたらお腹ごそごそや。かっこ悪いし、いやや」

「でも、大きいお尻が好きな人がいんねんで」

「だからそんな男の基準じゃなくて……」

「なんでやな、それがいちばん大事やろがな」

「そやかて、合わせて胸も大きいんやったらええけど、お尻だけってへんやもん。どうしてくれんのよ」

「どうしてくれってなんやな」

ママはとぼけた顔をして笑った。

「だってママ、ほのみが赤ちゃんのときにお尻を揉みまくったから大きくなったっていったやんか」

「そうやな、ママのおかげやな。お尻は大成功やな」

ママはカーラーを取りながら、さらにあははと笑う。

「なにいうてんの、ほんまにいややねんもん」

「なんでやな」

「歩いたらアヒルみたいやん」

「アヒル？　誰かにいわれたんか？」

「いわれてへんけど、みんなそう思ってるもん」

「ようわからんなあ。いわれたいの？　アヒルって」

「いわれたいはずないやん」

「そしたら、そんな妄想無駄や。欲しくないこと考えるより欲しいもののこと思ってたほうが心元気になるんや」

ママはパーラメントのビニールを取って、新しいタバコを一本出し、ライターを取り出す手を止めた。

それから、身体ごとまっすぐわたしのほうへ向けた。

「ほのみが赤ちゃんのときな、ママはあんたのお尻がもうかわいくて、かわいくて、どうしようもないくらいに愛《いと》おしかってん。つきたての白いお餅みたいにプニプニしてたてな。毎日そのお尻にちゅっとして、お餅をこねるみたいにずっと触ってた。おむつを替えるときも、そうでないときも。ママな、あんたのお尻さわっていると温泉につかっているみたいな気分になったんや。あんたのお尻とか、ぷくっとしたほっぺたとか、見てたり触ったりするだけで幸せになれたんや……」

ふっとママは目を細めて、一時停止していた右手を動かして火をつけた。シュボッという音がやけに響いた。

その一瞬の炎の向こうに、赤ちゃんを抱いたママが見えた。

やがて、煙とともにいつものママが戻ってくる。

「お尻が小さいほうがいいという人は、見栄っぱりが多いねん。ほのみのお尻は絶対にええから」

ママは続ける。わたしがなにかいおうとすると、先回りするようにいった。

「長所なんやで。あんたが自信さえ持てば、めっちゃすごい長所になるねん」

6

わたしがとてつもなくまずいと思うものをおいしいと食べる人がいる。人の好き嫌いも同じだ。

「生レバー頼んだで」

店に入ると、黒いズボンに、小豆色のシャツを着たミヤタが、先にビールを飲んでいた。ママは姿を見つけるなり笑顔で駆け寄ると、ミヤタの隣に座った。わたしもママの前に座る。

隣のテーブルは家族連れで、小学生くらいの男の子二人にお母さんが「お父さんがいいっていうまで取ったらあかん」と注意しながら肉を焼いている。

子どもたちは目をキラキラさせて「オレのこれ！」とかいいながら待っていて、お父さんが「よしっ」というと「わあっ」といっせいに肉に飛びかかった。

ここ焼肉のキクヤは、ママとミヤタの行きつけの店で、ミヤタの好きな、そしてわたしの大嫌いなホルモンという内臓の肉がたくさんあり、店内はいつも肉好きな顔をした人たちでいっぱいだ。

「ほのみちゃんはレバーあかんねんやろ？」

しゃがれたミヤタの声はねっとりとまとわりついてくる。

前歯から右に二本目の歯がやけに黒くて、不快になることがわかっているのにいつもそこに目がいってしまう。ミヤタの前だと、わたしはいやなものを探す人になってしまう。

わたしが首を縦に振ると、

「じゃ、カルビとタンと野菜焼きやな」

とわかったようにいい、ママが店の人に「おねがいしまーす」と声をかけた。

ミヤタは生肉に似ていると思う。前は野良犬に似ていると思っていたけど、それよりもっと野蛮で生ぐさいし、ぎょろっとした目も苦手だ。

ミヤタの前には灰色でぶつぶつのついた気持ち悪いものが置かれている。センマイというらしい。きしょい、食べ物の色じゃないものを食べるミヤタも、きもい。

「あんた、サンチュ頼んでないなあ」

ママがいうと、

「葉っぱか?」

野菜をあまり食べない肉食のミヤタが眉間にしわを寄せる。

「ほのみちゃん、サンチュでお肉巻いたらおいしいやんなあ。味噌つけてな。あ、うちキムチも入れたい」

ママが店の人にサンチュとキムチを注文している。

ママはミヤタと二人のときは、ミヤタを「きみチャン」と呼ぶのだとみっちゃんから聞いた。けれどわたしの前では「あんた」と呼ぶのだ。

ミヤタはもうひとつの皿から、赤黒く光るぬるっとした肉を箸でつまんで口に持っていく。

口をあけたとき、わずかだが肉を放り込む瞬間に先にベロが出てくる。ほんとうはあのベロはものすごく長くて、普段口のなかで折りたたまれていて、生肉のときだけぬわ〜と出てくるのだ。

ミヤタが実は人間じゃない別の生物じゃないかという妄想が広がっていく。

もちろんそんなわけないし、映画の見すぎとママに怒られそうだから絶対にいわないけれど、わたしにとってはミヤタはどこか得体のしれない生物であることに間違いはない。

「この生レバーはいいやつやな」

ミヤタがいうとママは彼の顔を下から覗き込んで、

「そうなん？」と皿に箸を運ぶ。

「ああ、角がピンッと立っているやろ？　こういうのは鮮度がええねん。食べてみ、うまいぞ」

「ほんま、おいしい」つるんと口に入れて咀嚼しながらママがいう。

「ほんでな、見てみ、レバーの皿やけど、もう血が固まっているやろ？」

ミヤタはそういいながら、レバ刺しが載っていた皿についた血を人差し指で拭う。

「ほら、手にはなんにもつかへん」

「ほんまや」

「すぐに血が固まるのは血小板がまだ活動しとるってことや。鮮度がええねん」

ママが「へ〜〜」とニコニコしながらビールをごくごく飲む。

ミヤタはさっきの人差し指をベロンとなめて、おしぼりになすりつけてから、ジョッキを握った。生焼けの肉をぬるぬると口に入れるミヤタのまわりには、くっちゃくっちゃと汚く書かれた文字が浮かんでいる。

実際はそんな音などしてないのに、まるで漫画のような擬音語が、わたしの目には映ってしまう。

あ、やっぱりわたしは知らずにミヤタを観察して、いかに気持ち悪いかとさっきから立証しようとしている。これはもっと人を嫌いになるためにやっているようなものじゃないか。

わたしは意識を自分の肉に集中させることにして、牛タンにレモンを絞ってつぎつぎと口のなかに放り込んだ。

「よう食べるなあ」ミヤタの声がしたので、

「おいしいし」といいながら顔を上げると、ミヤタはニヤついていた。

「太るで」

もぐもぐしながら苦笑いすると、しゃがれた声が、

「太っても、おっぱいだけ大きくなったらええなあ」とわたしにねっとりかぶさってきた。

ヒモ、テッチャン、テッポウ、ミノ、コブクロ……わたしはそのとき、ひたすら壁に貼ってあるメニューを見つめて、一生食べないと決めている名前を心のなかでえんえんと読み上げていた。


わたしが初めてミヤタを見たのは、中学三年で受験直前の冬だった。

学校から帰ったら、こたつに知らない男が座っていた。

わたしは泥棒かと思い「ぎゃっ」と声をあげた。ミヤタもわたしを見て「うえっ」といって慌てて立ち上がった。

ミヤタの目は二重の幅がやけに広くて、大きな目が半開きのように見える。立ち上がると思ったより大きかったので、わたしは怖くて後ずさりした。

そのまま動けずじっとしていると、

「ああ、どうも。ママは今タバコ買いに行ったはる」

野良犬みたいなその男は、頭をかきながら犬が尻尾を振るようにしゃべったのだった。

宮田公男は不動産関係の仕事をしていて、離婚したか、離婚同然かの嫁がいるけど、今は家を出て一人でアパートに住んでいるということだった。そのアパートの近所の風呂屋がつぶれたから、仕方なく連れてきてしまったとママは言い訳みたいにわたしとおねえちゃんにいった。

「それあかんわ、パパに見つかったらどうするん？　家は半分半分やろ？　そこに連れてきたら、さすがにパパもかわいそうちゃうの？」

「それにまた近所の人に見られて恥ずかしいやん」

「親としても最低やし、人間としても情けないわ」

おねえちゃんはとんがった串みたいないい方でママをぶすぶすと突き刺す。

わたしはパパがどうとかより、あの汚い野良犬が家に上がっていること自体が気持ち悪くて、「わたしもいやや」とおねえちゃんを援護した。

ママはもじもじして、下を向いて、ライターを右手に持ちながらもタバコには火をつけず、そうやな、としかいわなかった。

正義感が強いだけでなく、潔癖症のおねえちゃんはほんとうにミヤタが苦手なようで、ママがミヤタとおねえちゃんをなんとか仲良くさせようと画策し誘っても絶対に一緒に食事には行かなかった。ママは数回おねえちゃんに声をかけたけど、その後はすっかりあきらめたようでもうおねえちゃんの前ではミヤタの話をしなくなった。大学生になったおねえちゃんは、バイト先の喫茶店で出会った人とつきあっていて、そもそもママの男と出かけるという選択肢はまるでなかったともいえる。

親代わりのようになにかと世話を焼いてくれたおねえちゃんが家から卒業したみたいになったので、高校生になったわたしは晩ごはんを一人で食べることが多くなった。ママも一人分だけの夕食は面倒なのか次第につくらなくなり、必然的にママと男との外食、つまりはデートに同行することが増えたのだ。

おねえちゃんもわたしも、なんでママがミヤタに夢中なのかがわからない。

顔も頭も身体も丸くて清潔な、あの紳士的な荻原さんのほうがずっといいのに。

「ほのみちゃん、こっち焼けたで」

ミヤタが肉をひっくり返しながら笑っている。

わたしはありがとうといって笑顔をつくろうとする。

わたしがミヤタに対しておねえちゃんより愛想がいいのをママは喜んでいて、ママがうれしいのはわたしもうれしいことなので、この生肉みたいな男にも愛想を振りまく。

どんな人だって、笑ってあげたらハッピーになるし、ときどきお小遣いをくれたりする。わざわざむすっとして「あなたが嫌い」という態度をとるのはアホのやることだ。

こみ上げてくる「いやだ」という感情をコーラで必死に胃へ戻して、わたしはなんとか笑ってみせる。ほらできた、これでママが喜んでくれる。

「ミヤタさんは、大きなお尻が好きですか？」

おっぱいの話を受け流すようにわたしは聞いてみる。ミヤタはビールで肉を流し込んで、横目でママを見た。

「そりゃそうやわ。尻がでっかいのはええな」

「そうやろ？」

ママはミヤタのグラスにビールを注ぐ。

「ほのみはそやけど、まだまだやもんな」

そういって笑うと、ママは手酌で自分のグラスにもビールを注いだ。

心のなかは自由だ。なにを思ってもいいのだ。声が外に出ないかぎり、わたしの世界は平和だ。

人を好きになるということが、わたしにはよくわからない。

好きで結婚した人と離婚寸前のぼろぞうきんみたいになったり、そうかと思えば端から見たらこんな汚い野良犬みたいな人を好きになったり。

どうせ嫌いになったり別れたりするのに、なんでわざわざ好きになるのかわからない。

高校生になってもわたしはぜんぜん恋などできない。どこか冷めた気持ちで友達の恋の話をうんうんと聞いているばかりだ。

「好き」は一瞬で、「好き」は悲しい。そして「愛」に変わるなんてきっと嘘だ。

ピーマンを皿に取ったら、裏側は真っ黒に焦げついていた。

7

クラスで仲良くなった人気アイドルみたいなかわいい顔をしたえもっちゃんは、名前の漢字が同じ保美でも「やすみ」と呼ぶほうだった。えもっちゃんは中学のときにつきあった先輩といろんな経験をすませていて、わたしと同じくらい童顔なのに身体はすべてを知っている。

えもっちゃんはだからか、男子への接し方がわたしと違っていた。目を凝らしてじっと見ていると、炊きたてご飯の湯気みたいな、もわっとしたのがほんの一瞬だけ出る。それはママからも出ている湯気で、わたしからはぜんぜん出ていないやつだ。

アルバイトとデートで忙しいおねえちゃんが遅番でめずらしく昼間家にいて「今日はオムライスが食べたい」といいだしたので、その日の昼は「いづう」から出前をとった。

わたしとおねえちゃんはオムライス、ママは木の葉どんぶりを食べている。

いづうの木の葉どんぶりは、ご飯の上にふちがピンク色のかまぼこと、ネギと三つ葉と甘く煮た油揚げが載っており、パラパラと海苔がかかっていて、ママが好んで食べるものだ。

わたしがオムライスを半分食べ終わったころ、ママが思い出したようにいった。

「シャンプーをしてトリートメントをするやろ? そのとき、そのまま流したらあかんで」

「なに?」とおねえちゃん。

ママは木の葉どんぶりの海苔を箸でつまみ、その細い一本をひらひらさせながらいう。

「トリートメントを流す前に、手に残ったのをあそこの毛に塗っているか?」

「してへんけど」

「そのまま流すのもったいないやろ。だからここにつけるの。そしたらいいにおいになるし、毛もやらかくなるし、ええんやで」

ママは洋服の上から股間に手をやってトリートメントを塗る動作をしている。

今日の昼時のおしゃべりのテーマは「やわらかい陰毛をつくろう」ということか。

「ここの毛が、ごわごわやったら触られたときがっかりやで。だからここの毛はふわふわにしておくの。うふふ」

おねえちゃんは興味なさそうな顔で「へ～」といいながら最後の一口を食べている。けど、絶対に今日からあそこの毛にトリートメントを塗るだろう。おねえちゃんは真面目でなんでもやってみる人だし。

「あんた、ケチャップついてるで。ここに」

ママは笑ってほっぺたをつんつんしたあと、きれいに食べ終えたおねえちゃんを見た。

「そやけど、処女は高く売れってずっといってきたのになあ。あんたいうこと聞かへんかったわあ」

「高く売るって、そんなんお互い好きやったら売るもなにもないのと違うのん？」

おねえちゃんがむっとしていうと、

「違う違う、ママはなにもほんとうにお金をとれとはいってへんのよ」

「なに？」

おねえちゃんはママの顔を覗き込む。

「自分ってな、世界にひとつしかないやろ。自分の身体もひとつしかない。そんな身体が『初めての体験』をするんやで。人生でたったの一回しかない経験や。そんな大事な価値の高いものを安売りしたらあかんってこと」

「別に安売りしてないけど……」

「うん、まあ、そうか」

ママは今日はあっさり引き下がり、おねえちゃんはむっと黙る。

「例えば、経験してないことをかっこ悪いとかいって焦《あせ》って捨てる子がいるやろ？　でも、処女って捨てるもんじゃないねん。いちばん、なにより価値を感じて感動してくれる人を選ぶんや。そうしたら、それは高値で買ってくれたってこと。もちろん、それに対する見返りもある」

おねえちゃんが返事をしないので、わたしは会話に割り込んだ。

「ほのみも高く売るわ！」

ママはわたしのほうを向いてけっこう真剣な顔をしていう。

「そうや、処女は高く売りなさい。相手が欲しくて欲しくてたまらなくなるまで、高値につり上げるんや」

そうか、と思う。

大人びた友達の一部はそれを「勢い」で捨てている。捨てちゃいけないんだ。

「別に、処女に限らへんねん。自分というものをとにかく安売りしない。もっともっと自分ってすごいんやって思っとかなあかんねん」ママはにこっと笑った。

「そやけど」

「うん？」

「早く経験した友達には、なんか湯気があるねん。それが早く欲しいねんけど……」

「湯気？　なんの話や」

「なんか、説明できひんねん」

「湯気なあ……そうやなあ」ママはちょっと考えていう。

「そんなん、あとでいっぱい出てくるさかい、今焦らんとき。早くから出してたら、湯気冷めるかもしれへん」

「えっ」

「なんやな、ほのみ。湯気って」おねえちゃんがしょうもなさそうに聞く。

「冷めるの？」ともう一度ママに聞く。

「とりあえず、湯気が欲しかったらまずはあそこの毛にリンスしとき」

ダイエットしているママは、木の葉どんぶりを半分残している。

自分を大事にする。その言葉をまじまじと考えながら、わたしはママの残したどんぶりに手を伸ばす。

8

ゲコゲコいってたかと思うと、りりりんとなり、そのうちさわさわとなる。季節が変わるたびに音が変わる田んぼで、わたしはベージュの絨毯《じゅうたん》のそよぐ季節にいちばんわくわくする。

アルプスの少女ハイジがおじいさんの家で藁をいっぱい積んで、白いシーツをかけたベッドをつくっていたのを真似して、昔はよく田んぼに藁ベッドをつくった。そのベッドで乾いた空気を吸いながらごろんと寝転がる。籾殻《もみがら》が積み上がった小山の上をざくざくと歩けば、まるで雪の上を歩いているようだった。

わたしのつくったベッドは、ハイジのベッドみたいにふわふわじゃなく、固くてごわごわしていたけれど、それでもわたしは小学生までは毎年、このベッドをつくってただ寝転がって、青い画用紙のような空に黒い点のような鳥たちが横切っていくのをいつまでも眺めていた。

あのころは、青くて丸い風船のなかに、自分たちはいるのだと思っていた。

夜になると、神様がその風船に黒い布をかけるのだ。人間が鳥かごにするのと同じように。

その黒い布には、ところどころ薄くなっているところや、小さく空いた穴があり、その隙間から明かりが入って月や星になるんじゃないか、いつかそれがひっくり返って宇宙と地球が逆転してしまうようなことを妄想して、それからそれから……とイメージが続かなくなり目を閉じる。そして、続きをもう一回想像できるように空を見上げてその作業を繰り返す。

すると決まって、

「ほのみちゃん〜」

ママが沿道に車を停めて田んぼにいるわたしに窓から顔を出して叫んでくれた。

わたしは急いで洋服についた籾殻を払うと、藁のなかに足をずぼずぼと埋めながら走っていく。

ママは車を降りて田んぼまで降りてくることもないし、藁のベッドで一緒に寝転がってくれることもなかったけど、田んぼにいる小さな点みたいなわたしを簡単に見つけることができた。

外の景色は同じように巡るのに、家のなかの景色は、どうして同じじゃないんだろう。

今までも、ママは朝帰ってこない日がときどきあったけど、ミヤタとつきあうようになってからはほとんど毎日が朝、ときに昼帰りとなってしまった。

学校があるわたしは、ママがいつ帰ってきているかわからなかったけど、店が終わるとホテルに泊まって昼ごろ帰ってくるのだとみっちゃんがいっていた。

朝起きて、階段を降りて居間の引き戸を開けるとき、いつも「ママが寝ていますように」と願っていた。そして毎朝、畳の上にちんまりと重なっている冷たそうな座布団を見てがっかりするのだった。


ママと一緒にいたい気持ちは、ミヤタと一緒にいたくない気持ちより大きい。

だから今日もわたしは焼肉屋にいる。

ミヤタの隣に座ったママは、ビールを飲みながらうれしそうにカルビとロースを網に載せていく。そして、ミヤタとわたしの白い皿にどんどん焼けた肉を放り込んでいる。

「こっちも焼けたから、はよ食べえな。次焼けてしまうやん」

ミヤタの前では、ママはぴちぴち音をたててはねる魚に練乳をかけたみたいになってしまう。

いつものママなら、「こっちも焼けたで。はよ、次焼けてしまうで」というのに、「焼けてしまうやん」の「やん」が、いちいち「あん」に聞こえるのだ。

ミヤタはふふふんと笑いながら、焼肉のたれみたいにねっとりしたいい方で「肉の焼き方うまいなあ。誰よりもうまいなあ」と心からうれしそうにいっている。

わたしは自分の肉を確保し、自分のスペースと勝手に決めた場所で肉を焼く。ミヤタの箸が触った肉はいやなのだ。

それにしても。

わたしはミヤタを白い煙の隙間からちらちらと観察しながら、いつもと同じことを考える。

どうしてママはこの人が好きなのだろう?

「恋は盲目」というけど、たぶんそれだよね。ママの行動はまさに「見えてない」もん。ママには、ミヤタの汚さも下品な口元も足のくささも見えてない。やっぱり「好き」はわからない。ミヤタとママのせいでますます難解なものとなっている。

三枚、四枚、六枚……ミヤタが食べている肉の数を、わたしはついつい数えてしまう。

煙の向こうのミヤタと目が合った。

「うまいなあ。ほのみちゃん」

そういって、ミヤタはがははと笑った。

飲み込まれる前の肉が見えて、わたしは生ゴミに顔を突っ込んだように食欲をなくし、げんなりとする。


今日もママが会計をした。さっき数えていた肉の枚数を思い出し、すごくいやな気分になる。あんなに食べて、少しは遠慮しろよ。

「ママ、なんでミヤタはお金を払わないの？」

「ええの、ええの。ただで店手伝ってもらったりしてるし」

背中を向けてお金を払いながら、ママはいう。

たぶん「うるさいなあ」という顔をしているのだろう。いや、もしかしたら「それは聞いて欲しくない」という顔かもしれない。

わたしが「ふ～ん」というと、レシートを黄色い財布にしまいながらママはドアのほうに進んでいった。ママの目はミヤタに向かっている。ママにしっぽがあったら、ぶんぶん振っているに違いない。

ミヤタもママに向ける視線だけはとてもあったかい。これは認めざるを得ないことで、わたしはなんだか戦場に一人で残された傷だらけの兵士みたいな気持ちになって、さっきもらった手のなかのハッカキャンデーを口に放り込んでばりばりと嚙み砕く。何度かミヤタと食事に行くうち、わたしは小さいころから得意だったはずの「好きなふり」ができなくなってしまった。

たぶん、自己採点六十点くらいの演技しかできていない。自覚があるならそれを意識的に直すこともできそうだけど、それができないのは心がそれを拒絶しているからだ。損とか得とか理屈なく、ただただいやなのだ。

蛇がねっとりと動くのを見ているような気持ちがこみ上げてくる。

嫌いだ、とわたしは思う。理由は腐るほどある。好きな人が好きな相手を好きになれないのはとても苦しい。心が灰色になるくらいに重苦しい。

わたしはこれから、たぶん死ぬまで焼肉がそんなに好きじゃない人生を歩むだろう。

9

好きなアイドルがいても、その人よりもっと好きなアイドルが出てくると、好きの順位が替わって、前の人への思いがだんだん薄くなるものだ。これは嫌いな人の場合でも同じなんだとわたしは気づいた。

ミヤタの登場以来、わたしはおっさんを「パパ」と呼ぶようになっていた。

もちろん、パパの前では以前からパパだったんだけれど、本人のいないところでは「おっさん」と呼んでいたから、かなりのランクアップだ。

とはいえ、わたしがパパを好きになったわけでは決してない。生理的にどうしてもいやというすっかり根づいた感情はそう簡単に消えてはくれない。けれど、ミヤタのことが生理的にさらにもっと嫌いすぎて、パパのほうがまだマシに思えてきたのだ。

パパもわたしも同じ人物を快く思っておらず、かつ迷惑を被っている。人というのは、同じ敵がいることで結託する。

それに、パパは最近家でごはんを食べることが少なくなり、食べ物のことで以前のように争わないので関係は案外平和だった。パパは最近、店にある小さなキッチンで、店員の谷村さんに食事をつくってもらっているようだ。

「あの人、パパの愛人やで」とみっちゃんはいう。

それで家にいる時間が前より減ったのだけど、実のところこの状況をありがたいと思っていた。

なぜならわたしには今、別に家族がいるから。

ずいぶん前から家の裏の洗濯物干し場で、野良ちゃんたちにごはんをあげていた。最近はペットショップで「またたび」を買ってきては、でろんでろんに酔わせて、ふわふわの毛を触ったりして家族ごっこをしている。

わたしの家族は、茶トラのトラと、白黒のパトカーと、黒猫のクロの三匹だ。最初は遠巻きにエサを見ていて、わたしが隠れるとようやく寄ってくる距離感だったけど、今ではにゃーにゃーいいながらやってきて、しっぽの付け根とかお尻をわたしの身体になすりつける。

「トラ～」と呼ぶと、今日もトラはどこからかぬっと現れて、わたしの前でゴロゴロいいながら寝転んでいる。

わたしはトラを抱っこする。ママが持っているきつねの襟巻《えりま》きみたいに、もふもふしてあったかい。

食べていくためには、食べさせてもらうか、自分で獲物をとってくるかしかない。彼らはきっと両方をやって生きている。そういう意味ではトラたちのほうが自立している。わたしときたら、親に頼って食べさせてもらっているんだもの。

パパはときどき、家でごはんを食べるときがある。

そんなときは、たいていお米におじゃこを入れて、醤油と出汁《だし》を加えて鍋で炊いたものをつくって一人で食べている。にゃんこめしだ。

今日もキッチンから醤油の焦げるにおいがぷんとしたので、パパがあれをつくっているとわかった。パパは鍋の底に残ったお焦げの部分を、スプーンでガリガリと削るようにはぎとって食べていた。

わたしが見ていることに気づくと、

「おまえも食うか？」

という。びっくりした。パパに昇格したのを知っているはずはないのに、最近は食べ物にも寛容になっているみたい。今までは子どもが欲しそうにしていても滅多に分けてくれなかったのに。

「もらう」

わたしは、おっさんと呼んでいるときには到底いえなかった言葉を素直にいっていた。

この、鍋の底にこびりついたおせんべいのようになっているお焦げに温かいお茶をかけてふやかして食べるとすごくおいしい。

ママはいつ帰る？　ミヤタってなにもの？

あんなやつ死んだらいいのにね。心に沸き上がる言葉を、お焦げのお茶漬けと一緒に飲み込みながら横目でパパを見る。

この人も今、同じ言葉を飲み込んでいるのだろうか。

キッチンには、ずるずるとご飯をかき込む音だけが響いている。

合間に聞こえるのは「エッ、エッ」という猫の声だ。かすれたトラの声は、他の猫と違う。ニャーといえないトラは、ニャーといおうとして「エッエッ」となる。

言いたいことがあるのに、言葉にできない不器用なトラは誰かに似ているような気がする。

10

朝、わたしが二階から降りてきて居間の引き戸を開けると、座布団を枕にしてママがキュッキュッと歯ぎしりしながら寝ていた。

こたつの上にはグラスがある。夜中に帰ってきたママが、二日酔い防止のために砂糖水を飲んだのだろう。ママはお酒を飲んだあとは砂糖水がいちばん良いと思っているようで、飲みすぎると必ずこれを飲む。

折り畳んだ白いティッシュの上に、ちょこんと二つ、付けまつ毛が並んでいる。

起こさないように、わたしは歯を磨いて、顔を洗って、ドライヤーで髪をまっすぐにして、それから制服に着替えた。

台所に行きトースターに冷凍のコーンコロッケを入れ、隣の電子レンジにマグカップに注いだ牛乳を入れてスイッチを押す。

コロッケと牛乳ができるまでに、ママが昨日つくっておいてくれたお肉のしぐれ煮とこぶりのハンバーグとご飯を弁当箱に詰めて、昨日はのりたまだったなと思い出しながらご飯の上にじゃこと味付け海苔を置く。

温めた牛乳にインスタントコーヒーの粉と砂糖を大さじ一杯ほど入れて、コロッケを詰めながら一瞬、茶色ばっかりだなと思ったけど、すぐにあきらめて弁当箱に蓋《ふた》をし、ピンクのバンダナで包んだ。

マグカップを持って、寝ているママの足を蹴らないようにそうっとこたつに足を入れる。

ママが買っておいてくれたチーズ蒸しパンが、口のなかでもふっと溶けて甘く広がったとき、ママがうっすら目を開けて「学校行くのやな」と当たり前のことを聞いてきた。

「起きたん？」

「うとうとしてただけやし」

「嘘や、歯ぎしりしてぐっすり寝てたで」

「うん……寒いし気をつけてな」

「ママ、そんなとこで寝たら疲れとれへんからちゃんと布団で寝てな」

もう何百回いったかわからない台詞《せりふ》をわたしはいう。ママはゆるめに笑って、

「このほうがええねん」

とまた同じことをいう。

ママが、よっこらしょっという感じで身体を起こして、砂糖水のグラスを口にもっていった。氷の溶けたぶんだけの水分がママの喉を少しだけ濡らした。

わたしが蒸しパンをかじる姿を左側からじっと見ていたママは、

「あんなあ」

小さな声でいって、姿勢を正すとグラスを両手で覆うように包んでぎゅっとする。

「ママ、しばらくいれへんことになるねん」

「えっ？」

「お弁当のおかずもつくれへんようになるけど、ごめんなあ」

理解できない。いやな方向に話がいっていることだけはわかる。

なにかをいおうとして、わたしの声は喉のところで消えてしまった。代わりに出たのは「ヒック」というしゃっくりだった。

「ミヤタが、手形の裏書きをしてしもうたんや」

「なにそれ」

「お金を借りるときに書く証明みたいなもんでな。ミヤタは悪くないねん。頼まれて裏書きして保証人みたいになって、それで借りた人が逃げてしまって、ミヤタがそれを払わなあかんようになって」

手形、逃げる、裏書き……。

日本語としてはわかるけど、まったく実感がわかないまま、わたしはただママを見た。目の下にクマができているママを。

「ミヤタはちょっと岡山の知り合いのとこに逃げることになったさかいに、ママもそっちに行くんや。遠いし、けっこう帰れないときある」

だから？　だから？　だから？

「めっちゃ甘い」

わたしはものすごく大きなため息をつく。

「なんかコーヒー牛乳に砂糖を入れすぎたみたいやねん」

わたしはチーズ蒸しパンを半分も残したまま立ち上がって逃げるみたいに玄関に走った。

「いってらっしゃい」後ろからママの声がする。振り返ると泣きそうな笑顔で、こちらに近づきながら、なにかいおうとしていた。

わたしはもうなにも聞きたくなくて、勢いよく玄関のドアを開けると振り返らずに外に出た。

自転車にまたがると、水たまりの真ん中をバシャバシャと飛沫《しぶき》を上げながら、ペダルを右、左と力いっぱい踏んだ。

水は粉雪みたいにスローモーションで飛び散って、きらきらと一瞬だけ光る。そしてまた落ちて割れていく。

なんて勝手な母親だろう。

今まで感じたことのない怒りがこみ上げる。

来年は高校三年生なのに、進路はなにも決まっていない。

ミヤタのために生きるママはずいぶん遠くにいる人になる。

……なんだよ、なんだよ。

昼休みのチャイムが鳴ると、先生に呼ばれた。

「さっきお母さんが弁当を持ってきてくれたで。いいお母さんやな」

担任がピンクのバンダナでくるんだ弁当を手にしていた。

初めて弁当を家に忘れてきたことに気づき、わたしは「あっ」といって、照れ隠しに笑ってそれを受け取った。先生の後ろに目をやると、ああ、といったん振り返ってから、

「授業中やというたら急いで帰らはったで」

と付け加えた。

弁当箱の蓋を開けると、朝はなかったはずのものが入っている。赤いウインナーだ。

「どうしたん？」

一緒に机を囲んでいる友達に不思議そうに聞かれるまで、わたしは下唇を噛んでその赤をじっと見つめていた。

ママはそれから家に帰らなかった。

ときどき立ち寄った形跡はあったけど、顔を合わせることはなかった。

あんなに大事にしていたお店を、ママは休業にしてしまった。

ママはわたしのママでも、みんなのママでもなくなったのだ。

3章　わたし、大学生

1

「どうせ遊ぶだけやのに、大学なんてもったいない」

　高校三年生になったときパパにいわれて、絶対進学してやろうと決めたわたしは、唯一成績のよかった英語の先生に勧められて、とある私立大学の推薦入試を受けることになった。

「九十%だいじょうぶ」といわれ、すっかり安心してろくに受験勉強をせずにいたら、あっけなく落ちた。先生も驚いていた。

　結局、秋も過ぎてからあわてて受験勉強を始めて、姉と同じ女子大になんとか滑り込んだ。こうしてわたしも漂流した舟が流れ着いたようになんとなく大学生となり、サクラの花びらは散って葉っぱだけになった。

　受験勉強に追われているうちにいつの間にかトラの姿が見えなくなり、わたしはなにかの世話をすることも、だれかに世話をされることもなく、ただひたすらバイトと大学を往復していた。

　そんなある日、バイトから帰って家の玄関を開けると、家中に甘いにおいがした。

不審に思ってキッチンに行くと、白いエプロンをした女の人がなにやら料理をしている。

「あっ」

わたしが思わず声をあげると、その顔はふふっと笑う。

「おかえり」

「ママ……」

「えへへ、エクレアやで」

久しぶりに見るママは照れくさそうに、魚焼きグリルからうす茶色のかりんとうみたいなものを網に載せて「ほらっ」と見せた。

「なんで？」

「なんかつくろうかと思ったら、冷蔵庫になんもないし」

「なんで？」

「卵と小麦粉とバターあったし、前にテレビでつくってんの見たし」

「なんで……？」

「前からずっとつくってあげようと思っていたこと思い出してん。ほのみが小学校のとき、友達の誕生日会行ったことあったやん。あんた、ママとの伝言ノートに『手づくりのシュークリーム食べさせてもらってびっくりした。おいしかった。ママもつくって』と書いてたやろ」

「そんなんずっと前やんか……」

「そやな」ママは肩をすくめてくすっと笑う。

「今から上にチョコレート塗るで」

「ママ……」

「チョコレート塗らへんかったらシュークリームやな？　でも形が長細いしなあ」

「ママ、もう行かへんの？」

「はあ？」

「だから岡山」

「ああ、うん……行かへん。おかしいなあ、どんどん縮みよる」

ママはテーブルに置いたシュー皮を見ていう。

「ミヤタは？」

「置いてきた」

ママは溶かしたチョコレートが入っているボウルを左手で抱えて、右手で刷毛を持ってチョコを塗り始めた。まったく膨らんでいないシュー皮は、幅三センチほどのやたら長細いもので、あまりに貧弱で、チョコを塗るとますますかりんとうにしか見えない。

「まずそうやなあ」

ママはひたすらチョコレートを塗りたくり、充満する甘いにおいと、花が咲いたような明るさが、我が家のあちこちに散らばっている。

なんだこれは。おかしい。

いいか、この人は男と逃げて、子どもの大事な時期に家を不在にし、なに食わぬ顔でしゃあしゃあと帰ってきた悪い母親なのだ。

こんな女は最悪、最低なんだから、もっともっと罵倒してやれ！　母親失格と蔑んでやれ！　自分のなかでもう一人の自分が叫んでいる。

わたしは口を開き、心のなかにたまっていたたくさんの言葉を吐こうとする。

しかし、甘いにおいは心まで侵食し始め、吐き出したいものはなかなか内側から上がってこない。口から出てくるのは言葉ではなく「へっ」とか「はっ」とかいう空気のぬけたタイヤみたいにへしゃげた声で、それでもなにかをいおうと息だけが荒くなって、はあ、はあ、という音だけになった。

ママの鼻から出る、すーすーという音と、わたしの口から出る、はあはあという音以外はなにも聞こえなくなり、まわりのすべての音が消えてしまう。

息遣いはリズムを崩しながらも重なり合って、なんとか調和を保とうとしているようだった。

荒くなった息を整えようと思い切り息をすって、「はあああ……」と吐いたら、今度は言葉の代わりにドバドバと大量の涙が流れてきて、それと同時にようやく震える声が身体の奥のほうから出てきた。

「ひ、ひっ、ひどいやんか、わたしらのこと忘れてたんやろ、ひどいやんか、ひどすぎるやんか！」

ママはごくんと息を飲んで、同じように震える声で「ごめん」といった。

絶対に泣かないママが泣いているのを見たのは、初めてかもしれない。

テーブルの上には、細長いかりんとうみたいなエクレアが、ぜんぜん整列できてない小学一年生みたいにバラバラと並べられている。

そいつらはさっきよりも、さらにじわじわと縮んで、おじいさんみたいになった。じじい顔の小学一年生って、もうまずいの決定やろ？

「これ、ぜんぜん膨らんでないやん」

「そやねん」

「魚グリルでエクレアなんて無理に決まっているやん」

「一回は膨らんでんで。ふわ〜ってな。そやけどすぐにじわじわって縮んでいくねん。むかつくねん」

　ママとわたしはずるずると鼻水をすすりながら話す。

「ママ、これおいしいのかな」

「まずそうやけど、見た目ちごうて味やろ?」

「味も期待できひんな」

「食べてみなわからへんやろ」

「ママ、食べたん?」

「まだやけど」

「なにそれ、自分で食べてみたら?」

　ママはひとつとって食べて「うわ。ほかほかでおいしいで」といった。

　わたしもひとつとってかじってみる。そんなに甘くない。そして見た目よりやわらかい。

「……おいしい」

　わたしが小さな声でいうと、「はあ~」とママは大きなため息をついた。

「まずいものでも、最初は間違っておいしいって思うことがあるんや。それで『これはおいしい』と思い込むから『あれっ、まずいかも』と途中で思っても、まさかまずいはずはないと食べ続けてしまうことがあってな……。まずいとわかっているのに、気づかないふりをしてしまう。自分が信じていたことを、そうじゃないと認めるのが怖いわけや」

「なんの話?」

「そやからな、信じていた時間が長ければ長いほど、それを自分で覆すのは、自分を否定することになるやろ。そうなると、意地になってくるんや。だから、人間っていうのはめんどくさいなあって話」

確かにエクレアは、三口目くらいからもさもさして、まずくなってくる。最初はおいしかったのに。

すぐあとに帰ってきたおねえちゃんも、ママを見て、驚き、怒り、そして泣いた。そのあと、じじいの整列を見て不思議そうな顔をした。

それからわたしと同じように事情を聞きながら、欲張りな猿山のサルみたいに両手で二つのエクレアを持って、右手のがなくなると今度は左手のを口に入れていった。

わたしも両手にエクレアを持つ。そしておねえちゃんに負けじと、いくつもいくつも口のなかに放り込んだ。

食べながらおねえちゃんが「勝手すぎるわ」と鼻水をすする。

わたしもつられて、心の底から吐き出す。

「ほんまは、ミヤタ嫌いやってん。大嫌いやってん」

ママは、わたしとおねえちゃんの顔をじっと見て、

「ママも嫌いや」といった。

そして、人差し指についたチョコレートをぺろっと猫のようになめた。

部屋の隅っこに、ママが長年使っている茶色のボストンバッグが置いてある。そんなに荷物が入ってないのか、萎んだシュー生地みたいな形をしている。それを見ていたら、止まったはずの涙がまたエクレアにぽとっと落ちて、じんわりとしみ込んでいった。


それから数日はおとなしく家にいるようになったものの、のこのこ帰ってきたママに生活費をくれる人はおらず、

「あかん、お金ないわ」

と悩んだ末にママは店を再開した。

突然休業したというのに、待ってましたとばかりにお客さんはぞろぞろと戻ってきて、あっという間にママは街いちばんのスナックのママに返り咲いた。

ところが開店して半年が経ち、儲かっている矢先に、急にママが「店、やめなあかんねん」といいだした。

「なんでなん？」

「あのビル、立て替えでつぶすんやって、半年後に。今日決まったらしいねん。まあ、話は十年くらい前からあったんやけどな。そろそろってことらしいわ」

「え～。そんなんママどうするの？」

「きりがいいしやめようと思ってんねん」

「そやけど、やめてどうすんの？」

「そやなあ……働かなあかんなあ、どうしようかな」

ママのいう「どうしようかな」は「困った、どうしよう」じゃなくて「ほんなら、どうしましょ」という意味なのが、イントネーションでわかった。もしかしたら、今回のことでようやくやめられることに安堵しているのかもしれない。

まあ、おねえちゃんは就職しているし、わたしもバイトで稼いでいるし、いざとなればママの生活くらいはどうにでもなりそうだった。

「そやけど、もっと困ったことがあんねん」

「へっ？」

ママにしては珍しく、ちょっと深刻そうな顔をした。

「ハゲができてん」

ママはふわふわの茶色い髪の毛を持ち上げて鏡を見ながら「ほら、ここ」という。

見れば、十円玉くらいのハゲがある。

「あ～、四つめや！」

ママは新たなハゲを見つけて叫んだ。そしてハゲの部分を指でくるくると触って、今度は他人事みたいに「つるつるしてるわ」といっている。

「きのう、慌てて病院に行ったら、円形脱毛症やっていわれたわ。放っておいたらまた生えてくるみたいやけど、生えるまでがなあ……。ハゲのママとかあかんやろ？　そやし、タイミングもいいし、店やめるん」

「なんでそんななったんやろ？」

「わからへん。ストレスかなあ。そやけど、今日は店もあるしな、今はハゲを隠すことが優先や」

ママは器用にハゲが隠れるように髪をアップにしており、わたしはハゲが見えていないかいろんな角度から眺めてチェックした。

「これで見えてへんやろ？」

「うん、だいじょうぶやけど、隠れただけやで。治ったわけじゃないんやから、心配やなあ」

「心配してもしゃーないやん。泣いても怒っても毛はないんやもん」

「ママなあ。荻原さんのこと、陰でハゲハゲいうてたからバチがあたったんかな？　いや、毛がないって大変なことやわ、ママ、ハゲの人の気持ちがやっとわかったわ」

そうして大きな声で「ハゲやて！」と大笑いしだしたので、わたしもつられて爆笑してしまう。

「ママな、前からショートヘアのウイッグが欲しかってん。でも、買う機会なかったんや。いい機会やし、念願のカツラ買おかな」

ママはひよこみたいにちょこんとこたつに座って目を細めた。

2

「あかん、割り勘のデートはあかんねん」

ママは必死におねえちゃんにいっている。

おねえちゃんは下唇を突き出して不満顔だ（下唇を突き出すのはおねえちゃんのクセなのだ）。

「うるさいなあ」

「そやけど」

「そんなんな、相手にお金がないわけじゃないやろ？　好きな女においしいものを食べさせてあげたいと思ってくれる人がいいのや」

「わたしはこれでいいの。対等でいいやん」

「ママは、割り勘全部があかんっていってるんじゃないの。相手がお金ないなら奢《おご》ってあげてもいいけどな、あんたのは違う。相手が奢るっていってもわざわざ半分出すやろ？　それがあかん」

「一緒に食べて一緒においしいと思ったらわたしもお金を払う、それが普通やろ」

おう～とわたしは思わず唸《うな》る。おねえちゃんはほんとうに正しいことをいう優等生だ。でも、ママは折れない。ママにもママの理屈がある。

「あんたはいい子になりすぎる。だから……」

おねえちゃんは、黙って出かける用意をしている。

「あんたのやさしさに甘えている男は、あかんようになる。それは同時にあんたがあかんようにしたってことになるねん」

こたつに足を突っ込んでテレビを見ていたわたしは、横目でちらっとおねえちゃんを見た。やっぱり納得のいかない顔をしている。

「自分のこと棚に上げてよういえるなあ。ミヤタとか、人のことといえへんやろ？」

おねえちゃんはママをにらんだ。

「棚に上げてないで。ママは失敗したからいうてるんやで。だから、わかるんやで」

ハゲが治っていないママを気づかって止めようとしたけれど、ママもおねえちゃんもまじ、真剣な顔をしている。

「失敗して、すごすごと戻ってきて、かっこ悪いのみんなに見せてるやろ。ママに棚はないで。地べたにゴザ敷いて並べて、全部さらして生きてるんや」

「だからって自分の考えを押しつけんといて」

おねえちゃんはもうママを見ないで玄関のほうにずんずんと歩いていった。それでもママはおねえちゃんの背中に向かっていう。

「ママは確かにぜんぜんダメな母親や。こういう生き方しかできひん。悪いとこだらけやけど、ひとつだけ自信持っていえることがある。それは、ママのいうことは生《なま》のことやってことや。ママはたくさん失敗した。怪我して、汚れて、毛が抜けたわ。そんな痛い思いしたからいえる。わかるんや。ママだってな、結婚もうまくやって、ちゃんと家族したかったわ。普通の幸せを味わってみたかった」

わたしはふと、小学校のときの誕生日会を思い出す。

柳川さんのお母さんのピンクのエプロンは確かに幸せそうだった。けど、なんか額縁に入った絵みたいな、わたしが思う幸せとはちょっと違うようにも思えた。

「でもママはな、失敗をしていろいろ学ぶほうが、自分の人生にとっていい方法を自分で見つける人になれると思うんや。幸せの形はひとつじゃないやろ？」

わたしはあっけにとられてママを見た。

このどうしようもない母は、どうしようもない人生を生かそうとしている。それは、わたしとおねえちゃんを投げ倒すくらいの迫力があった。

「相手にお金があるときは、絶対に甘えたほうがいい。それがな、男を育てることになるさかいに」

ママはしつこくいい切っている。バタンとおねえちゃんが玄関のドアを閉める音がした。

3

スプーンとフォークを片手に握って、マッチ棒をはさみ、左から右に運ぶ。最初はうまくいかなかったけど、何度も往復するうちにしっかり摑めるようになった。

ホテルの配膳のバイトは普通のウエイトレスと違う。サーバーをプロとして扱い、お客様に料理をサーブするのだ。いわゆる技術職であり、ほかのバイトよりも断然時給がいい。

このバイトを勧めたのはほかでもない、ママである。

アルバイトニュースを広げてバイトを探していると、ママが「へ〜」といいながら、わたしが見ているページに目を落とした。

「これええやん、時給千三百円」

「そやけど、サーバー使える人しかあかんねん。パス」

ママは「へっ？」という顔をしてわたしを見る。

「なあ、できるかできひんかで仕事選ぶん？」

「あたりまえやん。運転免許持ってへんのにドライバーできひんやろ」

「免許取ったらええやん」

「取るのにお金かかるやん」

「それで給料上がるんやったら、先に技術身につけたらええやん。できる、できひんで選んだら、なんも成長できひん。ママかて、ビール一杯も飲めへんかったけど、飲めるようになったし」

「だから？」

「練習し。サーバーってやつの」

「う〜ん。そういうもんなんか？」

「あんな、世界中の人が全員いっせいのせ～でお金持ちになれると思うか？」

「へっ？」

「なれへんねん、世の中ってなんかな、運動会みたいなもんやねん」

「運動会？」

いやな思い出しかないフレーズだ。

「だって、みんなが同じ大学に合格できひんやろ？」

「うん、落ちたもん」

「そうや。じゃあ、友達と同じ人好きになったら、二人ともその人と結婚できるか？」

「できひん」

「そうや。誰かが落ちたら誰かが合格する。誰かが痛恨のミスをして負けるから、ほかの人が優勝するんや。な、いつでも運動会の徒競走と一緒やろ？　競争があるねん。そういう競争の世界では、どうしたって、自分の幸せと相手の幸せは一緒にやってきいひんのや。だから、いつも競争させられる。仕事の場合はその結果でもらえるお金が変わってくる」

わたしはまだよくわかっていない。ぼんやり雲がかかった感じ。

「運動会やったら、わたし幸せになれないやん」

「うん、でも今目の前にある運動会は体育の成績じゃないで。仕事の運動会やで。だからここでは勝てる可能性があるの」

「あ、よかった。うん」

「まあ、だから人より稼ぎたかったら、もともと金持ちの家に生まれたとかものすごい才能があるとかじゃないんやったら、そのぶんがんばるしかないやろ？　技術を伸ばす、たくさん働く、このかけ算で人より上に行くことしかないねんで。人と同じことしてて稼げるはずがない」

「ママはお店繁盛してたけど、なんか技術あったんか？」

「ああ、あったで。ママの笑顔、ママの会話、ママのダンス、ママの手料理、ママの歌……まあ歌は下手やけど、お店は酒だけ出せばいいとちゃうもん。おまけの魅力のほうに人が集まるんやで」

「……ママ、案外いろいろわかってんねんな」

「ママだってアホなりに工夫するわな。だってほら、普通に歌ってもおもろないやん。そやし工夫してたもん」

「あの『愛の水中花』とか『キッスは目にして！』とかやろ。恥ずかしいわ、あんな足上げて」

「でも、あの下手な歌でママは何杯もお酒売ったんや」

ママはわたしをじっと見て「うん」とうなずいて見せた。

猛特訓の甲斐あって、わたしはマッチ棒を一本も落とすことなく左の皿から右の皿に移せるようになった。これでただのウエイトレスじゃない、「サーバーを使える」というちょっと特別なウエイトレスになったのだ。この運動会では昔より速く走れるかもしれない。

わたしは小さく「よしっ」とうなずいた。

4

しばらくじっとしていたママが、またスナックをやり始めた。

今度はシャレードではなくて、知り合いが儲からないからと半年でやめてしまった店を任せてくれることになったらしい。内装はまだきれいだし、もったいないということで声がかかったのだ。

雇われママという形だけど、いったんは距離を置いていたお水の世界へまた返り咲いたママを見ているとなんとなくうれしい。

小さいころ、あんなに家にいて欲しいと思ったくせに、今ではママにはキラキラしていて欲しいと思う。

「え〜ここ？」

思わず声が出た。想像していたよりも、かなり狭い。

「あんたバイトしてくれへんかな？　いくら払えるかまだわからへんけど」とママに頼まれて、わたしは新しい店に来ていた。サーバーを使うホテルでの仕事は主に昼間だったので、お金を稼ぎたいわたしは「やる！」と即答したのだった。

前の店より狭くなったと聞いてはいたけれど、実際に入ってみると、半分もない。カウンターと、四人席が二つしかない。

ソファーも前はふかふかだったのに、こっちは質素だ。さらにいうと、田舎ではあっても、一応小さな駅の中心部にあった前の店とは立地がまるっきり違う。

ここは国道沿いの工事現場の横。なんでこんなとこに？　という風情で、小さな山小屋のようにちょこんとあったのだ。

唖然として店を見回していると、ママはキュウリを刻みながら、

「こんな場所にスナックなんてなあ。つぶれるの目に見えているやんなあ」

とわたしがたった今思っていたことをどこか暢気《のんき》にいう。

小学校のころ、父親が仕事に失敗して大きな家からおんぼろのバスに引っ越した友達は、

だんだん誰とも話さなくなり、人を避けるようになって、そのうち学校にも来なくなり、ある日家族ごといなくなった。持っていたものが小さくなっただけなのに、人も一緒に小さくなってしまった。

もともとあったものがなくなるってきついことなんだ、とわたしはその友達を見て思ったんだけど、ママはなんだか楽しそうに、今度はジャガイモを茹でている。

今日のつきだしはポテサラだろう。

「一応、カラオケセットもあるんやね」

「そうやねん、最新やねんで」

ママは自慢する。

「突っ立ってないで、ハム刻んでくれる？　もうすぐお客さん来るさかい」

「こんなとこに、お客さん来るの？」

「うん。最初の三日間はママ、死にそうやったわ。おじいさん一人しか来《き》いひんねんもん。でもなあ、あんたにバイトを頼むくらいやで。だんだん増えてきてん。まあ、お金ない人多いけど」

ママがいい終わらないうちに、カランとドアが開いた。

作業着を着た、汚い感じのそのお客さんを見て、わたしは思わず「えっ」という顔をし

てしまう。この人、間違えて入ってきたんじゃないかとじっと見つめていると、

「いらっしゃいませ！　すーさん、また来てくれてありがとう！」

ママはすかさずおしぼりを出した。はっとして、わたしもぞもぞとコースターとお箸を前に置く。

「ビール」という声を聞いて、コースターの上にコップを置き、すーさんというその人にビールを注いだ。

汗と泥と草みたいなにおいが漂ってきた。

そのとき、ママがレシートの裏になにかを書いた。棒みたいに突っ立っているわたしの手にそれを握らせると、わたしを押しのけてすーさんの前に行き、

「すーさん、今日からうちの娘が手伝ってくれるんよ」

とわたしを紹介した。レシートには「笑ってニコニコ、どんな人にも同じように」と書いてあって、下手な絵でニコちゃんマークが添えてある。

わたしははっとして、精一杯のつくり笑顔をした。

すーさんはわたしの顔を見るとにやっと笑って「一杯どうぞ」とビール瓶を傾けていった。わたしがおどおどしていると、ママがすかさず割り込んで、

「よかったなあ、もらっておきなさい。すーさんいつもありがとう！」とはち切れそうな

笑顔でいう。

ママにいわれて、慌ててコップを持ってすーさんに差し出す。すーさんはにやにやしながら、わたしにビールを注いだ。

すーさんの爪には、おしぼりでふいたくらいではとれない黒ずみがある。そして目の横には、直径五センチくらいの傷痕があった。

すーさんのビールが二本目になったころ、すーさん二号、三号みたいな人が続々とやってきて、あっという間に小さなカウンターは満席になった。

ママが二号から五号を相手にしている間、わたしは本物のすーさんを相手に、とにかくニコニコ、注いでもらったビールをやけくそみたいにどくどくと飲んだ。

すーさんはどんどんビールを追加してくれる。

「隣の工事現場で働いているんですか？」

わたしは見たままのことを聞いた。

「うん、昔は会社を経営していたんやけど、それ、つぶれてしもてな。家族に迷惑かかるから、オレだけ逃げてきたんよ。今は見ての通りの日雇い労働者や」

すーさんがぽつぽつと話す言葉に引き込まれ、気づくと黒い爪が気にならなくなっていた。

自分が大学生でママを手伝いにきていることや、今日は初めての出勤で、すーさんが初めて話したお客さんだということなんかを話しているうちに、ビール瓶は四本空になり、今は水割りを飲んでいる。

さっき出したポテサラと、ちょっとのおつまみしか食べないので、お腹が空かないのか心配になるけれど、とにかく酒のようだ。

横を見ると、二号も三号も同じように飲んでいた。

そろそろ……とすーさんがいい、ママがお会計をする。

黄色いメモ用紙に書かれた金額を見て、すーさんはポケットから小さく折り畳んだお札を取り出すと「はい」とわたしのてのひらに置いた。一万円札だった。

「今日は話を聞いてくれてありがとうな。おつりいらんさかい、ほのみちゃんにあげるわ」

「いいです、おつりは持って帰ってください」

わたしが遠慮していうと、

「汚いおっさんの話を聞いてくれたんやさかい。また聞いてもらいたいし、ええねん。また明日、同じ金額がポケットに入ってくるさかいに」

そういうとすーさんは席を立った。

「ありがとうね。すーさん明日も来れたら来てね」

ママが明るく送り出す。


初日は思っていたより忙しかった。閉店後、カウンターに座ってお茶を飲みながらお金を計算しているママに聞いた。

「あの人ら、日雇いの人なんやろ？」

「そうやで。その日に稼いだお金をここで使ってもらってる」

「そんなん、ここで全部使ってしまったらなんにもならへんやん。貯金もできひんし、服も買えへんやん。そんなお金もらっていいの？」

「ええんや」

わたしは勢いがつく。

「おまけにチップとか、ありえへんやろ。なんで、その日汗流して働いたお金を、こんなビールとか水割りで使ってしまうん？　もらっていいの？　チップとかもやっぱりいらんし。今度返す。かわいそうやわ」

「あんな、ほのみ。あの人ら、飲まなやっていかれへんのや。なんであんな人生になったのか、人生の責任を自分でとるのは大変なことや。飲むのも自由、お金なくなるのも自己責任。誰か止めたって飲むんや。そうやったら、楽しい時間にしてあげたいやろ？　どうせ飲むんやったら、祇園《ぎおん》並みの女がいる店で飲みたいやろ？　そんなん祇園で飲んだら五倍はするわ。だから彼らはあれで幸せなんや」

ママは「今日の日当」というと、わたしの手に一万円を載せ、さらにそこに二千円を重ねた。

「これがさっきのチップ。あんたの笑顔が稼いだお金やからあんたのもんや。もらってあげて。『ありがとう』っていわれたいんや。男をあげたいんや。それが二千円であっても」

ママがてのひらに置いたお金は、折り畳んだ跡があるしわしわのお札だった。同じお金なのに、どっしりと重い。

それは別に汗が染み込んでとかそういう意味じゃない。今日を、とにかく今日だけを必死でなんとか生きている人の、人生が色濃く染み込んだお札を握りしめて「ありがとうございます」とわたしは頭を下げた。

すーさんは、その後も週に二回くらいは顔を出してくれて、たまに一緒にカラオケを歌った。気づけば、友達といるときについすーさんの十八番『そして神戸』のフレーズを口ずさんでいたりして、「おっさんみたい」と笑われた。

ママはそろそろ四十六歳になる。わたしはもうすぐ二十歳になる。ママはまだミニスカートをはける細い足をしていて、三十三歳くらいに見えるかもしれない。

今日だって、店では絶対ママの歳はいうなと釘《くぎ》を刺された。ここにも熱烈なファンが毎晩来るようになったらしい。

5

お風呂の湯は冷める。だからときどき追い焚きをして温かくする。

けれど、いつしかそれはやっぱり冷めて、もう使えなくなって、流されて浴槽は空っぽになる。その湯につかった人の垢とか毛とかをみっともなく残しながら。

愛とはこんなものなのだ。冷めて、流されて、空になって、ちょっとの「汚れ」を残していく。

ママとパパにも温かい入れたてのお風呂の時期があったに違いないけれど、わたしにはまったく想像できない。けど、そんな時期があったからこそわたしとおねえちゃんはこの世にいる。今はこびりついた垢しか見えないけど。

みっちゃんは一人暮らしをしている。

きれい好きのみっちゃんの家は部屋が三つもあるアパートで、わたしはときどき一人で遊びに行って泊めてもらう。

みっちゃんはその度に洗いたてのシーツをふかふかの布団に敷いて、とにかく肌触りのいいピンクのタオルケットを布団の間にサンドイッチのハムみたいにはさみ込んでくれる。ベランダや玄関に植木鉢がたくさんあって、いつ行ってもなにかしらのきれいな花が咲いている。

ママがときどき、気が向いたときに買ってくる植木鉢はあっという間に枯れてしまうのに、ここは魔法をかけたみたいにどんどん育っていくのはなんで？　と聞いたら、ママのはなんで枯れるんや？　と聞き返された。それはママが水をあげるのを忘れるからで、だったらわたしがすればいいのだと気づいてからは聞くのをやめた。

五年前の大文字のときに金魚すくいでもらった金魚も今や十センチくらいに育って水槽で泳いでいる。不思議な家。

みっちゃんはママの二歳下だけど、ママより見た目はおばさんっぽい。

土台はいいのに美人に見えないのは、みっちゃんが自分でせっせとつくってきた、下がった口角と眉間にあるしわのせいだ。

明るいママはよく笑うけど、基本マイナス思考のみっちゃんは、そもそもそんなに笑おうとしない。笑ってもかすみ草みたいに小さくほほえむ程度だ。

けれど今日は楽しげに笑っている。さっき二本目の缶ビールを開けたからだ。みっちゃんはお酒が大好きで酔うと別人みたいに明るくなる。だからわたしは酔っているみっちゃんのほうが好きなのだ。

ピーナッツの殻を剝きながら、みっちゃんはいう。

「ほのみ、おじいさんがいるねんよ」

みっちゃんはピーナッツを半分に割ってわたしの前に置いた。ピーナッツの割れた部分の片側にひげの生えた仙人みたいな顔があるということを小さいころみっちゃんが教えてくれて、もう大学生になったというのにわたしにまだ同じことをいう。

わたしはあのころみたいに「あ～おじいちゃんがいる！　きゃはは」とかいって笑ったりできず、「あ、ほんま」というのが精一杯で、みっちゃんに悪いなあと思う。

ほろ酔いのみっちゃんはにやにやしながら、いきなり話し始めた。

「ほのみのパパはな、押し掛け亭主やってんで」

「押し掛けって？」

「だからな、ママがいいひんときに自分の荷物まとめて、いきなりおじいちゃんの家に来たんや」

「えっ、ママがいいひんときに？」

「うん、ママに惚れて、ママと結婚すると決めて、そのころって今みたいに携帯とかないやろ？　家に電話するしかないんやけど、それでもいないとなれば居留守かもしれへんわけや。だからママと連絡取るのは、実家で待つしかないと思ったらしい」

「そうはいっても、おじいちゃんもおばあちゃんもいるんやろ？」

「そうや、だからびっくりやねん」

「ママは、どこに行ってたん？」

「ママ、そのときデパートでマネキンの仕事してて、ほら、服着て立ってる仕事な。その仕事が終わってから、その職場の人とそのまま旅行に行ったみたいやねん、なんもいわんと。そのときにたまたまパパが来はってな……」

「その旅行の人はママの彼氏？」

「そうやと思うけど」

「でも、パパとママはつきあってたんやろ？」

「そうやと思うけど」

「つきあっていたのに、なんで他の人といきなり、親にもいわんと旅行なんか……」

「それがママやねん、今もいっしょやろ?」

今も破天荒だが、もしかして昔のママって、不良だったんだろうか。

「不良ちゃうけど、まあ派手やったなあ。足細くて、スカート短いのはいて目立ってた」

「でも、ママは結婚前に二股してたってこと?」

「そういうことやと思うたけど……パパが押し掛けてきた日からママは三日も行方不明やってな。どこに行ったかわからへんから、そのままパパも居座ってしもうて。パパな、家でみっちゃんの隣でテレビ見ながら、つつーって涙流してな、『オレにはあいつしかいないんや』っていうてたんやで。肝心のママはいいひんし、おじいちゃんも『なんか娘が悪いことしました』ってそんなこというて、パパはとうとうそこから会社に通うようになってしまったんやわ」

「すごいな、パパ」

わたしの知っているパパからは、まったく想像がつかない。

「ママ、帰ってきてみたらパパいるやん。どんな顔するんかなと思ったら、『あれ、なんでおるの?』って感じでな。ケンカにもならず、そのまま成り行きで……」

「うん」

「二人にどんな話があったんか知らんけど、パパはまんまとママと……」

わたしはみっちゃんにビールを注いであげる。

ずっと独身で、職場の美術館と家の往復ばかりしているみっちゃん。ママにみっちゃんは結婚しないの？　と聞いたら、美術館のなんとかという人とつきあっていて、その人には奥さんがいるとかで、みっちゃんは長いこと（ママ曰く、待っても無駄やのに）待っているようだ。

ママのいない時間、ママの代わりに動物園に連れていってくれたり、映画に連れていってくれたりしたわたしの大事なおばさん。けれど、受け身すぎるその人生は、ほんとうにみっちゃんが望んだものだろうか。

こんなにちゃんとしているくせにお酒に溺れたり、不倫から抜け出せないみっちゃんは、どこか破綻していて、その危うさに誰よりも腹を立てているのはまぎれもなくみっちゃん本人かもしれない。

みっちゃんが「ふわ～」と大きなあくびをして、今度はわたしが生まれたころのママの話をし始める。よく考えたら、みっちゃんは自分の話をほとんどしない。

わたしが生まれたとき、おねえちゃんは四歳だった。ある日ママはわたしをおんぶして、小さなおねえちゃんの手を握り、おむつと哺乳瓶と着替えの入った大きな鞄を持って、みっちゃんの仕事が終わるのを美術館の前で待っていたことがあったそうだ。なにがあったかはいわず、ただ「家を出てきた」とだけいったらしい。

「一緒に帰る途中、バスのなかであんたがぐずって、ママ、お乳あげてたわ」

「バスのなかで？　恥ずかしないのかな？」

「そんなんしゃあないやん。あんたがお腹を空かせてたんやから」

そのときなかなか席を譲ってもらえなかったと、みっちゃんは今さらぐちぐちいい始めたけど、そのあとの言葉はもうわたしの耳に入ってこなかった。

バスに揺られている化粧っけのない若いママの姿が目に浮かぶ。おっぱいに吸いつく赤ちゃんに向かって笑いかけているママ。

今ここにいる自分とママとのつながりをやけに色濃く感じて、わたしは自分の身体をさすった。

あつあつだったお風呂の湯が冷めても、世間一般の母親とはずいぶん違っても、ママはやっぱりわたしの「ママ」なのだ。

6

「あんな、最近毎日通ってくれはる久万《くまん》さんってわかる？　ママのこと好きらしくって、この前からつきあってくれって真剣にいわれてんねんけど、どうしようかなと思って」

ママがわたしにこういうことを相談するのは初めてだ。

わたしがそこそこは話せる大人になったからか、店で働いているスタッフだからなのか、ほんとうに悩んでいるかのどれかなんだろうけど、わたしは一人前として認められた気がして、なんとなく鼻の穴が膨らんでしまう。

茶色の髪をふわふわさせて、付けまつ毛をしているこの目の前の女の人は、今日も男のことを考えて真剣に悩んでいる。母親だということを忘れてわたしは「かわいい人だな」と思う。魅力というのは恐ろしいものだ。

「ママ、好きなん？」

わたしは人参の皮を剝きながらママの顔を覗き込む。

「ううん、熊みたいやろ？　クマンという名前で熊みたいいってなんか出来すぎやけど」

ママはわたしの目を見ないでアルミホイルを丸めて即席の使い捨てタワシをつくり、ゴボウの泥と皮を落としている。

「いい人そうやと思う」

「でもな、ママあんまり好みじゃないねん、ああいう感じ」

そうだった。ママの好みはワイルド系のオオカミだった。だからクマには心がドキッとしないのだ。

わたしは数回お店で見かけた久万さんを思い浮かべる。

目が細くて、身体が大きく笑うとたれ目になる。蜂蜜をなめていそうなやさしい黄色い熊系だ。鮭をくわえていかつい目をした、北海道の置物系ではない熊。

わたしは今までのママの彼氏と比較をしつつ、自分はクマさんのほうが好きだと思う。心がほっとするのがいい。

「いい人やと思う。すごくやさしそうやし」わたしは思ったままにいう。

「そうか」

ママはなんでもないようなそぶりで、今度は鉛筆を削るようにゴボウのささがきを始めた。わたしは隣で、人参を細めにカットし始める。しゅっしゅっ、とんとんという音だけが広がる。

その後、ママはクマさんとつきあい始めたようだった。

相談してきたときから決めていたんだなとわたしは気づく。わたしが賛成するのをわかっていたのかもしれない。

クマさんには奥さんと高校生のお嬢さんがいる。家族のある人とつきあっていたことは前にもあるけれど、今回はそのときとは違う。クマさんはちゃんとした大人で、一家団欒のある家族のお父さんなのだ。壊れかけたり、荒《すさ》んだりしていない平和な家族のお父さん。

わたしは、パパが他の人とつきあっていることを知っても「ふうん」と思うだけだけど、クマさんのお嬢さんはこれを知ったらどう思うんだろうか？

世間では家族のある人が恋愛することを不倫という。不倫とは「人の道から外れる」という意味だ。だから、ママはこの恋にはいつもより慎重だったのかもしれない。

最近、ママはこんなことをいっていた。

「あんな、思うんやけど、不倫がとてもうまくいくためには、相手が奥さんとうまくいってたほうがいいんやなって」

「そういうもんなん？」

「自分のものにしたいとか、いつか結婚できるとかいう期待をすると、一緒にいる今を楽しむ以上に結果ばっかり求めてしまうやろ？　それはとてもつらいし、楽しくない」

「なんかさあ、ママだって一応結婚してるんやで。それってお互いさまのことやろ？」

ママはちょっとだけ拗《す》ねたような顔をして「うん」といいながら、こちらが聞いてもいない話をどんどん続ける。

「嫁とは寝室が別とかいわれても、実際のところわからへんやろ？　こっちがうれしくなるような嘘をつくことはたくさんあるもんや」

「ふ〜ん」

「とにかく、こっちが長持ちするためには、相手が奥さんと仲が良いほうがええってことや」

「不倫の心得教えてどうすんの？」わたしが笑うと、

「人生なにがあるかわからへんやろ」とママも笑う。

「でも、自分だけのものにしたくないの？　好きやったら……」

「面倒くさいことや見たくないことを奥さんが全部やってくれる。ママはパンツも洗うことなく、おいしいとこだけもらえるんや。これでええと思うんや」

ママはきっとあのクマさんにどんどん惚れている。なぜってママの言動の裏には「これでいいんだ」と無理矢理肯定したい気持ちがあるから。

ほんとうは独り占めしたいのかもしれない。ほんとうは「嫁と別れて」といいたいのかもしれない。週末もずっと一緒にいたいのかもしれない。けど、そう思うと苦しい恋愛になってしまうから、そしてそんな熱の高い気持ちが一瞬のものだということを知っているから、あえてママは「これでいい」と繰り返すのだ。

それにしても、パパもママもそうだけど、どうして多くの大人はパートナーがありながら外で新しい恋をしているんだろう。みっちゃんの彼氏にも奥さんがいる。

そんなんだったら、離婚して新しい人と人生を歩んだほうがいいんじゃないのか？　なんでみんな離婚しないんだ？　そんなことを思っていると、ママはエスパーのようにわたしの心を読んだ。

「夫婦になって、お互いが外に恋人つくっても、なかなか離婚しないっておかしなもんやろ？」

「うん」

「浮気は所詮浮気で、家にいる奥さんのほうが本命やからと思うか？」

「わからへん」

「女の人は、旦那以外に好きな人ができて、もしお金に困ってなかったら離婚すると思う。好きな人と一緒にいることがなにより大事だから。でも、男の人はなかなか離婚できないねん」

「なんで？　もっと好きな人ができても？」

「うん。男の人って家でも家庭でもつくってきたものを壊すのがいやみたい。家族っていわゆる『達成』や。家を持つのと似てる」

「なんか、ようわからへんわ」

「それは自分の実績なんや。家族をつくってきたということが」

「みんなそれぞれ複雑やな」

「そうやな。男と女ってずうっといろいろ複雑や」

ママは自分が惨めになるのも、幸せになるのも、全部自分で選んで決めていく。ママはもちろん幸せを選ぶ。バカボンのパパみたいに「これでいいのだ」と繰り返しながら。

そうして、わたしもだんだんクマさんが好きになっていった。ミヤタみたいに汚れた感じがしない。そして、ニコニコしていてやわらかくて威張っていない。話もくどくないし、わたしが一緒だと適度に話をふってくれるので、ミヤタのときみたいに違う世界にいなくてすむ。

それに、なにを食べに行ってもクマさんが払ってくれる。お金を払ってくれることは愛されていることに直接つながらないかもしれないけど、こうやって自然に気をつかわずに甘えることができるって、とっても心地よいいんだなと気づく。なにより、ママはミヤタのときと違って、娘にいい聞かせていた「割り勘デート禁止」をちゃんと実行できているのだ。

いいじゃないか、クマ！

今までいちばんいい。クマさんといるときのママは、とってもママらしいんだもの。

世間がママを否定しても、ママは自由をチョイスする。

ママは朝帰りをしなくなった。ホテルに行っても、クマさんに朝帰りをさせないと決めているようだった。

7

わたしの好きだったバイトの先輩に奥さんがいたという事実を知ったのは、ママとクマさんがつきあって三ヶ月後くらいだった。

先輩とは映画に行ったし、スキーにも行ったし、公園で手をつないで歩いて、夜中に長電話をした。「好き」とはこういうことなのか？　どきどきして、わくわくして、もっともっとくっついていたいと思った。友達は、なかなか本気で好きな人ができないわたしを「一種の病気だ」といっていたけれど、先輩と出会って長引いていた風邪がようやく治ったような気分になれたのだ。それなのに、今はちょっとこじらせてしまっている。

先輩は高校生のときにできちゃった婚をしており、大学生になってからは周囲にそれを隠していたらしい。だからわたしだけじゃなく、周囲のみんなが騙されていた。

その秘密を唯一知っていた先輩の友達が、

「オレ、ほのみちゃんにはやっぱいうわ」

とわたしを喫茶店に呼び出して丁寧に教えてくれたのだ。

その人の話を聞きながら、わたしは点と点がつながって線になっていくのがわかった。

クリスマスの夜に「母が病気で」といった先輩の声の感じや、誕生日プレゼントがアクセサリーではなく一メートル四方はあるウサギのキャラクターのクッションだったこと（がっかりした）、先輩の車に貼ってあったビックリマンチョコのシール、そんないろいろな、見て見ぬふりをしてきたことのカケラがジグソーパズルのように一枚の絵になった。


開店前のママの店で、わたしはしくしく泣きながら報告をした。

ママは湯気の出た茶色の飲み物をわたしの前に差し出した。

「ホットウイスキー。蜂蜜入りやで」

グラスに鼻を近づけると、蒸気に混じったアルコールの香りが、お風呂の蓋をあけたときみたいにもわ〜と広がって顔のまわりを包んだ。

一口飲むと、身体の真ん中がほかほかと温まった。おいしい。

「あのウサギのクッションくれた人やろ?」

ママはわたしの顔を覗き込む。

「うん」

「あのウサギ、目がバッテンになってたなあ」

「違う、鼻がバッテンやねん」

「そうか、鼻がバッテン」

くつくつとママが笑いをこらえているのがわかる。

「あれな、ミッフィーていうねん」

ついにママはぷ〜っと吹き出して、

「ミッ、ミッ、ミッ……」

といいながら大笑いし始めた。わたしが黙っているとさらに、おいうちをかける。

「なんなん、あれ。あんなん欲しくなかったやろ?」

今度はひーひーと涙を流して笑っている。

恋をした人が学生なのに妻も子どももいた。二十一歳だというのに。そしてわたしは半年ほどすっかり騙されていた。そんなわたしを慰めるどころかママは大笑いしている。なんだよ。

「捨てるわ、あんなん」というと、

「捨て、捨て。部屋せまくなる」

「あんな、ミッフィー嫌いやねん」

「ママも嫌いや。捨てやすいもんもらってよかったなあ。いや、ダイヤやったら質屋に行けたか」

「でもなあ、騙されたと思ったら悔しいねん」

「騙されたわけじゃないで。相手を失いたくなくて、好きやからこそ、嘘が生まれることもあるんや。……けど、あんたはほんまに好きやったんか？」

いきなりママは直球を投げてくる。

たぶんそうだと思う。けど、コップ一杯ぶんくらいの「好き」と、地球一杯ぶんくらいの「好き」、それってどう違うの？　「好き」ってなに？　わたしの心の風邪はやっぱり重い。

「好きやったと思う。たぶん……」

「会えないときも考えたりした？」

「うん」

「駅で待ってるとき、鏡で何回も顔見たりした？」

「うん」

「手つないだとき、自分が全部てのひらになった気がした？」

「うん」

「そうか。そしたらそれ、失恋とちゃうで」

「なんでやの？　裏切られて傷ついてるのに」

「それはラストシーンの話やろ？　ドキドキして、どんな服着ようかなとかわくわくして、お化粧したりしてなあ、楽しかったやろ？　それだけで、もう十分に幸せもらった。失ってない。いただきものだらけやん」

「うん……」

「なあ、世の中って結果ばっかりや。達成することばっかりや。でもなあ、たとえそれが結婚とかつきあうとか、なんか達成につながらなくっても関係ないねんで。誰かを好きになるってことこそが、人生でいちばんすばらしいことなんや。結果じゃない。結果しか見なかったら、全部達成しなあかんやん。そんなことばっかり考えているから、みんななにもできひんねん」

ママはアーモンドを一口かじった。カリカリという音が終わるとまた話し始めた。

「恋をするってな、夢をみることやねん」

「夢？」

「うん、楽しい夢も怖い夢もある。でも、恋の夢はわくわくする夢。夢から覚めたら、また新しい夢をみたらええの。何回でも何回でも朝がくるみたいに、何回も何回もしぶとく夢をみたらいいねん」

「なんか、距離が近くなるほど、相手のことがどんどんわからんようになるんやけど」

「無我夢中になるから。夢のなかで自分を見失うんや。でもそれが恋の面白さ。醍醐味なんや」

ざああ～という音がしてきた。雨が降ってきたみたいだ。

「いや～、雨やろか。お客さん来いひんかったらどうしよう」

ママが心配そうに窓の外を覗く。大きなトラックがひっきりなしに通る道路。

「雨の日に傘のなかで、キスしたよ」

「へえ。いいキスやったか？」

「このへん、きゅ～っとした」わたしは胸元を押さえる。

「なんともいえへん、ええ感じやろ？」

「うん」わたしは小さく笑う。

「好きやったら、奥さんいるとわかってもつきあうこともできるんやで」

わたしは首を振る。

「そしたら、新しい夢みまひょ。ここに花が咲くさかいに」

ママが自分の胸のあたりをとんとんとした。

「ああよかった。また新しい夢がみれるで〜、わしうれしいわ〜」

いつの間にかビールを飲んでいたママは、急におっさん言葉になって、にやっと笑う。

わたしもなにかが落ちたみたいにへらへら笑ってホットウイスキーを飲み干した。

底のほうにたまっていた蜂蜜がどろっと口のなかに流れ込んできたとき、久万さんが店に入ってきた。

「顔はかっこよかったんやで」というと、

「顔かいな。魚みたいやったやん」とママはいった。

「なにが魚みたいやって？」

久万さんがニコニコと会話に入ってくる。


翌朝、起きて居間に行くと、ママがこたつで寝ていた。いつもの光景のはずが、なにか違う気がする。寝ぼけた目をこすってもう一度見ると、ママの横に茶色の毛皮がある。違う、野良猫のトラが丸くなってママの隣で寝ているではないか。

「トラ！」

わたしが大声を出すと、トラがびくっと身を起こした。そしてきょろきょろと部屋中を見回すと、いつも入って来る洗濯物干し場につながるガラス戸に突進していった。ぶつかりそうになって急ブレーキをしたトラは、相変わらずのかすれ声で「エッ、エッ」と鳴き、わたしが慌てて戸を開けると、しゅっと外に飛び出していった。

「あん？」

トラの声で起きたママが目を開ける。

「トラが帰ってきたで！」

「ああ、昨日帰ってきたら、外でへんな鳴き声がしてな。寒いんかなと思って開けて、にぼしあげてん。で、そのまま寝てしもうた」

「でも、ここ閉まってたで」

「うん。途中で寒くなって閉めたんやけど、トラがいるって知らんかったわ」

ママがぼうっとした顔でいう。部屋がやたら野生くさくなっていて、トラって雄猫だったよなと思ったら笑えてきた。

「あんた、もうウサギ男のことだいじょうぶやろ？」

昨日わたしはゴミ捨て場にミッフィーを捨ててきた。消えてしまうと部屋はすっきりした。最初からなかったものが消えただけだ。

わたしはうなずいて、「トラびっくりしてたで」という。

ママは自分の身体をクンクン嗅ぎながらいった。

「あんな、次はぶっさいくなのにしなさい」

8

ママは予言者なのではないかと思うくらいのタイミングで、わたしはそら豆みたいな顔をした人と出会った。いわゆるぶさいく系だ。

わたしはママの店とホテルの配膳と掛け持ちで、京都四条《しじょう》にあるカフェバーでアルバイトをしていた。語学系の大学では多くの子が夏休みを利用して短期留学をする。だからわたしも必死で働いてその資金を貯めているのだ。大学に近いのと、友達が働いていて、人が足りないからどうしてもとお願いされて、カフェバーには週に三回は十七~二十二時のシフトで入るようになっていた。

わたしが出会ったそら豆顔の人とは、その店の常連さんで、花屋を経営している人だった。

何度か会ううち言葉をかわすようになり、先輩と破局した直後に（それは「隠し子騒動」というオチがオチだけになんとなくみんなのネタになっていた）、店が終わったあとごはんに誘われ、ほいほいと行ってみたら「真剣につきあってください」といわれた。

いや〜、ない、ない、ないわ〜と最初は思った。ちっとももときめかない。けれど、わたしは傷ついていた。自信もなくなっていた。おまけに、ママの「次はぶっさいく」という呪文にかけられていた。だからわたしは意に反して「はい、いいですよ」と答えてしまったのだ。恋はやはりタイミングだ。

翌日、マメは銀色の時計をくれた。文字盤に小さなダイヤまでついている。

「なんですか、これ」と聞くと、

「ロレックス」とマメは答える。

「いらん、いらんわ！　こんな高そうなもの、いりません」

「つきあってくれた記念。もらって欲しいの、大好きだから」

マメは小さな瞳に目一杯力をいれて、わたしの手をぎゅっと握った。

「これ、ほんものみたいやな」

ママもびっくりしたようで、カウンターに立ってロレックスを眺めている。

「そうや、ちゃんと箱に入ってたもん」

「ええなあ、ママも欲しいなあ」

「もろてええんやろか」

「もらってあげなあかんねん、こういう場合は。男をあげたいんや」

わたしはそのロレックスを左手におそるおそるはめる。

「まだごはん二回行っただけやねんけど、昨日パスポートあるかって聞かれて、あるっていうたら、ハワイ行きませんかっていわれてん。旅費はいらんからって。どうしよう？」

「ほのみ、ええやん。行ってきたらいいねん！　あ〜、ママもハワイ行きたいなあ」

「バイトあるし……」

「いや〜、甲斐性のある人やなあ」

ママはうっとりという。

「でも、前もいうたけど顔がマメみたいやねんで」

「顔なんてサルでも岩でもマメでもいいやん。そんなん、甲斐性なしよりずっといいわ」

ママはわたしをじっと見て聞く。

「嫌いじゃないんやろ？」

急にカラオケのエコーがかかったみたいな声が、ぽわんとそこらに広がる。

「う~ん。嫌いじゃないけど……」

好きになれそうにないねん、という言葉をわたしは、すう~と空気を目一杯吸い込んで肺のなかに溜め込む。そんなことをいっても、わたしは腕にロレックスをはめているのだから。

「うん」とママはなぜか自信満々の顔でうなずく。

「今はな、そんな感じでいいねん。そうやって尽くしてもらって、いろんなもの食べて、いろんなもの見て、とうてい自分のお金ではできないことを若いうちに知っておくといいんや。絶対に大事やで」

「そんなもんなん?」

ママは二本目のタバコを取って火をつけるとすぐ灰皿に置き、それからちょっと考えて、

「大事なことは、『わたしはすばらしい』って思わせてくれるかどうかや」

ママは目を細める。

「あんたは、どの猫が好きなん?」

「えっ?」

いきなりママが話題を変えた。

「あんたが飼っている野良猫の」

「ああ、ええと、やっぱりトラが好き」

「なんで？」

「いちばん懐いてくるし、すりすりしてくるし」

「懐いてくれたらかわいいやろ？」

「うん」

「じゃ、かわいくないなと思う子いる？」

「かわいいけど、クロはあまり寄りつかないし、手を出すと、ふーっていって引っ搔こうとするねん」

「だから、トラのほうがかわいいんやろ？」

「うん」

「トラって、猫のなかではちょいぶさやのにな」

「だって、あれ猫やもん」

「猫も人も同じや。懐くというのは『あなたが好きです』という表現や。そうされると、うれしい。自分がすばらしく思えるから。物をくれるのも『すりすり』と同じ表現。だから、そのマメとつきあったら、あんたはどんどん自分がすばらしいと思えるようになるねん」

「ようわからへんわ」

「そやしな……」

ママがなにかをいいかけたとき、お店のドアが開いて一人目のお客さんが入ってきた。すーさんだ。ママは一瞬だけ（ほんとうに一瞬）なんだすーさんか……という顔をしたあと、

「いらっしゃいませ〜」

すごく懐いた猫のようになってすり寄っていく。ママにしっぽがないのが残念だ。

9

好きなのか、そうでないのかわからないまま、わたしはマメとハワイ旅行に出掛けた。

行きの飛行機こそ、気分は墜落しそうなほどにどんよりと重かった。けれど、初めての海外旅行はわたしを完全に魔法にかけてくれた。

到着してすぐにアラモアナセンターにわたしを連れていったマメは、新しい服とブランド物のバッグと靴、それからアクセサリーを買ってくれた。

そもそもマメは、顔はマメでも話が上手で、お店やブランドにとても詳しかった。そしてよく見たらシンプルだけど質のよい物を身につけていた。ハワイの六日間でわたしはすっかりマメに打ち解け、馴染《なじ》んだ。

ときめきとは違うけれど、安心できるもの。これも恋というものなのだろうか？　ピナコラーダのおいしさも、クルージングの楽しさも、マメは全部教えてくれた。マメだけでなく、マメが提供してくれる時間に、わたしはこれまでにない高揚を覚えた。夢みたいだった。

「お母さんにって」

わたしはオレンジ色の箱をママに渡す。それは高価なブランドの、濃いピンクと緑色が配された、きれいなプリーツの入ったスカーフで、マメがマメのセンスでママへのお土産にと選んだものだった。

「いや～ん、ええやん」

ママはスカーフを箱から取り出し、広げてうっとりする。

「こんなん初めてやねん。高そうやなあ」

「うん」

「うれし～。あんたもいっぱい買うてもろうたなあ」

「うん」ついぶっきらぼうになる。

「なあ、もしかしたら血出えへんかったんと違う？」

「へ？」一瞬なんのことかわからず、ママを見つめる。その顔で全部察した。

「あ、うん。そうやねん」

「やっぱり」

「あの、それって……ママが無理矢理させたタンポンのせいなん？」

「なにいうてんの、そんなことあるかいな」

「でも、やっぱりって」

「ほら、小学校のときの平均台やな。あんた、足を踏みはずして思い切り股打ったやろ。あんときパンツに血がついてて、ママは『あっ』て思ったんよ。もしかしたら……って」

「あ」

「あんた、とっくに平均台に捧げてたんやな」

「あのとき、すっごい痛かった！」

ママは上を向いて笑う。あはははとママの声が部屋に響くと、部屋の温度が上がって、明かりをつけたようになる。

「高く売るどころか……それ最悪やん」

わたしがいうと、笑いながら「高値やろ～」といってわたしの持っているブランドバッグをポンと叩いた。

マメは性格もマメで、わたしをまるでお姫様のように扱ってくれた。

大きな国産車はパパの乗っているものと同じ車種で、どこかおっさんくさかったけれど、時間さえあればどこでも送ってくれるので、家まで迎えに来てもらって大学まで、バイト先まで、ママの店までと、まるで運転手さんみたいだった。そしてわたしはどんどんわがままになっていった。

お金って人生を変えるんだな。わたしはマメに買ってもらった財布から、マメにもらったお金を出して、値札を見ることなく、手に取ったものをレジに持っていく。そして、なんとわたしは他の男の子からもどんどん声をかけられるようになった。

わたしはママに聞いた。

「高いもの身につけるとモテるの？」

「高いものを持ってるとかじゃなく、内側から出る自信」

「自信？」

「うん。だって、あんた前よりずっと堂々とできるようになった。店でもおどおどしんようになったやん。それって、愛されて大事にされて、あんたのなかに自信が生まれたからやで。違うか？　それが内側から出るとな、いい女に見えるねん。いい女のパッケージは、おしゃれと自信。この二つやで。あのマメさんっていくつ？」

「おねえちゃんと同じ」

「う〜ん。やっぱり甲斐性あるわ」

「短期留学のお金も出してくれるって」

「あんた、でっかい魚つかまえたなあ」

「なんか信じられへんわ」

「金を持っている男をつかまえるか、自分で稼げるようになるか。まあ、これしかないんやなあ。とにかく、お金はあったほうがええな。ママはあんたに幸せになって欲しいねん」

ママがうきうきした声でいう。けれど左腕につけたロレックスはもう、ちょっとくすんで見える。アルバイトしなくてもよくなったけれど、特別な自分にもなれない気がして、もやもやしているからかもしれない。

10

ここはどこだろう。ああ、夕べは家に連絡もしていなかったと気づき、いちおうホテルの部屋から家に電話をする。

「マメにお風呂入ってるって伝えたから、早く帰ってきなさい！」

ママが出てものすごい慌て方でいった。まだ朝の七時半なのに。

「へっ、なに……？」

わたしがあたふたしていると、

「だから、なんか知らんけど昨日連絡とれへんかったって、マメから今さっきうちに電話があって、ほのみいますか？　って聞かれたんや」

ママは早口でまくしたてる。そうか、マメにも連絡していなかった。

マメに連絡をくれるマメ。そんなにマメじゃなくていいのにと都合よく考える。

「なに、ぼんやりしてんの。あかん。はやく！」

ママの口調でようやく大変なことが起きているとわたしは気づく。

電話を切って、隣で口を開けて寝ている安西《あんざい》くんを眺めてほうっとため息をつく。

小さくて整った顔をした安西くんのキュートな寝顔は、単調な線だけでできているマメとはぜんぜん違う。と、そんなこと考えている場合じゃない！

時間が止まったこのやけに白い部屋から、早急に出ねば！

「なに？」

眠そうな目で聞く安西くんに、

「ごめんあとで！」

といい残し、わたしは急いで服を着るとホテルから飛び出して四条京阪《しじょうけいはん》の駅に向かった。「僕も連絡するから！」という安西くんの声が、ガムみたいにしっかりうなじにくっついてしまうのを振りほどいて、通勤の人たちに交じって電車に駆け込んだ。

少しくせっ毛のわたしは、寝起きだとひと目でわかる髪をしている。

窓ガラスに映った自分のボサボサの頭を眺めながら、薄れかけた夜の記憶を脳内でほじくる。

前に一度合コンで会った安西くんに誘われて、初めて二人でごはんを食べて、二軒目はバーに飲みに行って……ああ、それから帰りに鴨川《かもがわ》沿いで、他のカップルと等間隔に座ってキスをした。それを高見の見物のように見ながら川床《かわどこ》で飲んでいるおじさんたちに「ひゅーひゅー」とかいわれて……。

だめだ、それ以降の記憶がまったくない。なんでわたしはホテルで寝てたんだろう。

はあ~とため息をつく。そしてようやく、ちょっと頭痛がしていることに気づく。

そういえば、ママはわたしに「どこにいるの?」とか「誰といるの?」とか「なにしてるの?」とか一切聞かずに、

「いくら長風呂でも、あんた一時間やろ? 一時間以内に帰ってきなさい」

とだけいったのだ。やっぱりあいつ、エスパーか。

とにかく、わたしはママのクイック対応で二回目のマメの電話に間に合った。

昨日は早く寝てしまった、朝起きてすぐ連絡するつもりだったとすまなそうにいって、どうにか疑惑を解消できた。

ママはわたしの顔を見てもなにも聞かない。きっと、ママの誕生日にまで赤いリボンをつけた高そうなバラの花束を店まで手渡しに来てくれたマメとのつきあいを、なんとか維持することを求めているのだ。

わたしはなにもいえずに黙っていた。

「間に合ってよかったなあ。ちゃんとせなあかんで。いろいろやってもらってるんやからな」

ママが白い煙を上に吐きながらいう。わたしは「ありがとう」とだけ返事した。

一週間後、わたしはグスングスン泣きながら親友の智代《ともよ》の家に押し掛けていた。ゆうべ突然、マメに振られたのだ。原因は、煮詰めすぎたカレーみたいにドロドロだった。

夜遅くマメに呼び出されたわたしは、家の前まで車で来たマメと会った。

ニコニコ笑いながら近づくと、車の窓ガラスがするすると開いて、

「今日は仕事じゃないの？　どうし……」

いいかけたとたん、マメが窓からフォトフレームを地面に投げつけた。

パキンとまっぷたつに割れたガラスのなかで、水着を着たマメとわたしが海を背に照れくさそうに笑っていた。

「おまえは汚い！」

「裏切りものめ！」

「嘘つきめ！」

「もうええわ！」

「どういうつもりや！」

「おまえ、わかってんのか！」

ポップコーンがいっせいに弾けるときみたいにぽんぽんぽんと、わたしを罵倒する言葉をぶつけてきた。

マメの細い目は見たことないくらいにつり上がっていて、エイリアンみたいなぬめぬめした顔に変貌しており、わたしはとにかく怖くて、両手を胸の前で握った格好のまま目をそらすこともできず、言葉を発することもできず、凍ったみたいに立ち尽くしていた。

ポップコーンはパンパンと弾けつづけ、次第にタイヤが割れるみたいな音になっていく。わたしが震えて泣き始めると、

「泣きたいのはオレだ」

一言いってから、ぶつかったら即死というくらいのスピードをぶおんぶおんと出して、去っていったのだった。

さっきから目の前の智代はカンカンに怒ってくれている。

智代は大学も配膳バイトも同じで、いちばん仲の良い友達だ。

「ゆるされへんわ、陽子《ようこ》」

「うん……」

「ほのみ、なんでわたしの名前使わへんかったん。あんたが『陽子と一緒に飲みにいく』とか嘘つくから」

「陽子って一人暮らしやし、門限ないし、まさかママにいうとか……」

「甘いわ、あんた。めっちゃ甘いわ」

「だってな、友達やん！」

「それに、なんもしてへんねんやろ？　未遂やってんやろ」

「うん、たぶん」

「なんでいわへんかったん」

「だって、証拠ないもん」

「あかんわ～、あんたあかんわ。まさか新しい人とつきあう気？」

「もう、そんな気あるはずない……」

「そうやんなあ。それよりも、腹立つほうが勝つわ」

智代の部屋で缶ビールをちびちびと飲みながら、腫《は》れぼったい目のまま女子の会話はループする。

いってもいってもどうにもならないことを、さっきからぐるぐると繰り返している。

「まさか、つきあうとかなあ」

「まさかやわ」

「むかつくわあ。ああ～むかつく！」

智代はビールをごくんと喉を鳴らして飲んで、据《す》わった目でこっちを見つめ、

「いてもうたろか」

おそらく昔ヤンキーだったころの（今はいけてる女子大生）声色でいうのであった。

「そやけど」

ヤンキーに戻った智代が、お父さんのおやつ缶から抜き取ったするめをくちゃくちゃ嚙みながらいう。

「あんたも未遂とはいえ浮気したんやし、悪いことは悪いけど、チクるとか横取りとかありえへんわ。やっぱり陽子、しばいたる！」

しばいたる！　しばいたる！　しばいたる！

智代が連呼するたびに、わたしはわ〜んと泣く。

「しばいたる〜」

「わ〜ん」

「くそむかつく」

「わ〜ん」

まるで餅つきのようなコンビネーションだ。

涙が止まらないのはマメを失ったからなのか、マメが持っていたものを失ったからなの

か、友達に裏切られたからなのか、友達とマメがつきあいだしたからなのか、そのすべてなのか、ほんとうはなにが原因なのかまったくわかっていなかった。

悲しいし、腹も立つし、反省もしているし、悔しいし、もうこれからどうしようとか、感情のミックスジュースなのである。

明確にわかるのは後悔だ。マメからいろいろと買ってもらって変身したわたしは、完全にいい気になっていた。

「これ買ってもらってん」

そういろいろな物を無邪気に喜んで見せて、知らずに相手から嫉妬され、陰の敵にしてしまったのだった。陽子はマメを誘惑した。そしてでっかい魚を自分の池に引き込むことに成功したのだ。


数日後、智代は大学の構内で陽子を見つけたとき、

「おい！」

と大声でいい、追いかけていって「パンッ」と陽子の頭をほんとうにしばいた。

「痛い」

頭を押さえた陽子に、

「この泥棒猫が！」

智代は仁王立ちでドラマみたいなセリフを吐いた。

わたしは十メートルほど離れたところから呆然とそれを見ていた。この出来事はもはやわたしのものではなくなり、若くて爆発したいみんなのものとなっていた。

わたしと陽子の話は大学中に広がって、「そもそも浮気がダメやんか」派と「友達裏切るほうがあかんわ」派と「怒って友達とつきあう男は最低」派に分かれて、しばらく、暇な学生たちの格好のネタとなった。

ママはなぜか、赤飯を炊いてくれた。ぜんぜんめでたくないのに。でもなんか笑えてくる。

「もったいないけど、ま、いろいろつきあって学ぶことや。滅多にできない経験ができてよかったやないの」

「うん」

「ちゃんと愛してあげてなかったんやで」

「……」

「仕方ない、男と女に打算はつきものや。打算から入って、ほんものになる恋もあるけど、そうじゃない場合もある。それは損得感情が多いときそうなるの。ほんものになるときは、損得がない。そのうちにわかってくることや。だから今回のそれもこれも全部あんたの肥やしや」

マメは、実は花屋の商売の裏で、中古車を買い取って売るような仕事をしていたと、前からマメのことを知るバイト先の先輩から聞いた。

よく考えたらあんなお金、花屋じゃ無理なのに、マメからどんどんお金が湧いてくるように思っていた。そんなわたしに、花屋のあとに寝ないで仕事をする日があることを、マメはいわなかった。ぜんぜん気づいてあげてなかった。

「花屋って儲かるの?」とママも聞いていたけど、深く考えようとしなかった。

生まれて初めてもらった大きなバラの花束は、カーテンレールにぶら下がってドライフラワーになっている。

さっき、トラがその花に飛びついて、赤黒い花びらがパラパラと落ち、爪で遊ばれて細かく破れた。

ぼ～っと眺めていたわたしの耳に「枯れたし、捨てるで」というママの明るい声が届く。

4章　わたし、社会人

1

最近、家の近所はトントン、カンカンと家を建てる音が鳴り止まない。

小さいころ、ハイジごっこをした稲刈り後のベージュの絨毯は少しずつ、灰色に侵食されていく。スズメは、バッタは、あのうるさいカエルたちはどこへ行くんだろう？

灰色は、じわじわと彼らを追い出しにかかっている。

生き物たちの声は、買い替えた新しい冷蔵庫のように、いるかいないかわからない音になる。

わたしは、動物が周囲の気配を感じるように、目を閉じて顔を少し上げ、くんくんとにおいを嗅いでみた。かすかな藁と土のにおいが鼻の奥に届いてわたしを一気に懐かしいベージュ色の場所に連れていく。

頭のなかにあるものはいつでも「ここ」に引き出せるとわかると、わたしはちょっとだけほっとして目を開けた。

「おまえ、バイトで稼いでるやろ？　一枚買うてくれたらもう一枚はタダでいいよ。ついでに、このワゴンからやったら好きなんやるから」

「いやや、お金ないもん、欲しいものないし」

「よう考えてみいや、一枚の値段でもう一枚がついてくる。しかも、おまけつきやで、こんな賢い買い物はないぞ。ほとんどタダみたいなもんや」

そういわれると、そんな気持ちもする。お得ということは人の心を動かす。「お得」だとついつい欲しくないものまで、結果的には「お得」以上に買ってしまうことがある。福袋抱き合わせ作戦だ。

パパの店に立ち寄ると、パパは娘のわたしにまで商品を勧めてくる。今さらパパを気づかうことなどないのに、ほんの少しだけ、作戦に乗ってあげたくなる気持ちがあるのを自分でも理解できないまま、「そうやなあ……」と似合いそうなものを身体にあててみる。

こうやって商品や仕事の話ならば、わたしとパパの会話はまだ成立する。それ以外になにを話したらいいのかわからない。

「ええやん、おまえはなんでも似合うなあ」

試着室から出てくるとパパがすかさず褒めてくれた。わたしが着たのはシャツ襟で、下がフレアーになっている白いワンピース。襟元に紺色のパイピングがあってなかなかかわいい。パパの店ではめったにない掘り出しものだ。

スカート丈が少しだけ惜しい。あと三センチ長かったらいいのに。

「スカートがちょっと短いかなあ」

「いや、それくらいの丈が流行やで」

「そやけど足太いし」

「だいじょうぶや。細すぎるよりもええやんか」

「でもなあ……」

わたしは鏡に映った肉づきのいいふくらはぎと膝小僧を見て、ため息をつく。

ママだったらもっと似合ったのに。

パパはわたしの着ているワンピースの裾を見て、

「ああ。折り返しに四センチはあるから出せるし、気になるなら出したらええ。いや、ほんま似合うわ。お前きれいやわ。これがええわ。これにしとき」

家だと滅多に見せない笑顔を見せて、裾に素早くピンを留めていう。

さっきからわたしを饒舌に褒めているパパだけど、それができるのはこの店のなかだけだ。パパは商売が絡まないと人を褒めることができない。それはパパにとって一種のビジネス的なサービスであり、条件反射のようなものだ。

相手がどんな人であっても、試着室のカーテンが開くと驚いた顔をして、両手を広げる大げさなジェスチャーで近づき「ブラボー」とか「ワンダフル」とか「アメージング」とか、わざわざ英語を使って褒めるのだ。

端で見ているとけっこう笑えるんだけど、たいていの場合、されたほうは「いえいえ」なんていいながらほっぺたを赤くして、まんざらでもないような顔をする。その時点でパパの商売は八十%成功している。

わたしもパパの得意技にかけられたとわかっていながら、やっぱりまんざらでもない気分で「そうかな?」なんていっている。

わたしが着ていたワンピースを、ニコニコしながら「ブティックシャレード」と金文字で書かれた光沢のある黒い紙袋に入れるパパは、もう一度、念を押すようにいった。

「着てみて、やっぱり短いと思ったら裾を出せばいいから」

お直しに出すのはあとでいいということだ。その提案にわたしが従ったのは、ママの顔が浮かんだからだ。きっと、ママも着るだろう。そして、ママには短いほうが似合う。

紙袋を受け取ると、あらたまってわたしはパパにいった。

「ほんとうに必要なのはワンピースじゃないねん」

「へ?　なにがいるのや?」

「スーツ」

ほんとうは、面接用のスーツが万が一あったらいいと思っていたのだ。

パパはキョトンとした顔をしてから「そうか」といって在庫の保管場所へ行き、「これはどうや、昨日入ったやつで……」と一枚のベージュ色のスーツを手に戻ってきた。テーラードカラーの襟、ウエストのところに皮革でくるんだ茶色のくるみボタンがついている。

「これか……」

低い声でわたしはいう。服としてはかわいいかもしれないけど、リクルートスーツのイメージとはちょっと違う気がする。

とりあえず、ジャケットだけ羽織ってみる。パパはまた条件反射でいった。

「ええやんか〜」

それから、ちょっとパパは黙って、

「スーツ？　なんでいるんやっけ？」と聞いてきた。

わたしが「就職活動」と答えると、パパは「ほう……」とお客さんにいう「ブラボー」のテンションとは違う素の状態になって、「それ、どうせ安いし売れ残りや。やるわ」とわたしの目を見ないままぼそっといった。

普通の親子なら「どこの面接を受けるのか？」とかいう話になるのだろうけど、興味がないのか、聞けないのか、パパはこの格好の親子ネタに触れることができない。わたしも、聞かれないことを自分からいおうとはしない。

仕入れたばかりのスーツをわざわざ「売れ残り」といってしまうパパは、もじもじとして手元の計算機をただ見つめていた。


結局、わたしは英文科で英語の教員資格を取ったこともあり、大手予備校が運営する英語学校に入社することになった。夢がなくても、なにも考えないままでも、みんなと同じことをしていたらなんとなく仕事も人生も決まっていく。いや、夢がないからこそ、決まっていくものかもしれない。大学のときもそうだった。

「ここに採用されたし、ここにするわ」というと、ママは、「へ～すごいなあ」といってくれた。

そのいい方が、ちょっとだけパパの「ワンダフル」に似ていたので、夫婦って似ちゃうんだなと、ママの着ている白いワンピースを見ながら思う。

そのワンピースはわたしにはやっぱり短く、ママのほうが似合っていると認めざるを得なくて、わたしはうっすらと嫉妬してしまう。

2

「そしたら、もうやめたらええやんか」

電話の向こうでママは、即答する。

「でも、せっかく仕事決まったばっかりやのに」

「だって、あんたいやなんやろ？　東京行くのなんて」

「うん。希望出してないし、関西の人みんな地元やのに、わたしだけ」

「嘘やん」ママはとにかく残念そうに呟いた。

わたしは、入社した会社の新人研修で大阪のホテルに缶詰になっており、オリエンテーションと称する、電話の出方はどうするとか、挨拶のときの名刺の渡し方はどうするとかの、ビジネスマナー指導を受けていた。そしてようやく、その研修が終わるめでたい日に、実家とは程遠い「関東ブロック」という、想像もしていなかった任命を受けたのであった。

わたしはおおいにうろたえて、合宿所の宿舎からママに電話をしているのだ。

「とにかく、帰ってきてから考えたらええ」

宿舎の窓からは、明るいまんまるの月が見えた。わたしはふと、ママと一緒に見上げた金色の卵みたいな月を思い出す。

再びトラの姿が見えなくなって一週間ほどたったころ、ママが「トラは月になったんちゃうか?」としょぼくれた顔でいった。

あのときと同じ月が頭上にあって、今、わたしの行き先を黙って見つめている。

「さみしいやんか」

わたしが何度さみしいといっても、背中を向けてどっかに消えていった自分のことは棚に上げて、ママがいう。

「さみしい」を無視される気持ちがわたしにはわかりすぎて、ママのその言葉にものすごく引っ張られた。

けれど、わたしの東京行きは決定した。きっかけは、パパの一言だった。

「おまえ、研修の一ヶ月だってただやないぞ。飯食うて、泊まって、研修受けてな。いくらかかっていると思う? そんだけただメシ食うて、終わったら即やめるなんて、それはあかんやろ。そんな甘えた根性やったらあかんわ」

わたしはもとより律儀な性格で、そういわれるとただメシを食べて一日も働かないままやめてしまうことがほんとうにダメなわたしをつくってしまいそうな気がして、東京に行く怖さよりも、そんな自分になってしまうことをもっと怖く感じた。

だからわたしは、このときだけはパパのいうことを聞いて、生まれて初めてもらった辞令を受けることにしたのだ。

京都駅の新幹線のホームで、ママはめずらしく目を真っ赤にしていた。自分は好き勝手にどこへでも行ってしまうくせに、どうしてこんなに身勝手にさみしそうな顔ができるのだろう。

ママの手には「萩の谷《はぎのや》」の幕の内弁当がある。全部が微妙な薄味なのだけど、そんじょそこらの薄味とは違って、奥のほうにやさしい出汁の味が潜んでおり、なんともおいしいのだ。

「萩の谷しかあかんねん」

そういいながら、ママはさっき駅弁売り場で必死に探して千二百円のいちばん高いのを買ってくれた。

ぷるるるる〜と新幹線の出発ベルが鳴り、ママになにかいおうか迷っているうちに、あっけなく、ぷしゅ〜っとぬるい音をたててドアが閉まった。

ママは「あ〜」という顔をした。弁当を持ったままの右手を上げる。口が「これ〜」といっていた。

そのドアは、なにかママとわたしの世界をまっぷたつに割る分厚い大きな扉のようだった。わたしはとんでもない決断をしたのではないかと、にわか雨のような不安に襲われる。そんなわたしの気持ちを振り払うように、新幹線はスピードを上げて、東へとわたしを運んでいった。

3

桜の花びらが校門の前一面に広がって、学生さんたちの靴の裏をピンク色にしていく。わたしはいつものくせで鼻を上に向けてくんくんと思い切り春のにおいを嗅いでみる。目をつぶればいつだってにおいとともに懐かしい場所に帰れる。でも、そのとき鼻の奥に届いたのは想像とはだいぶ違う人工的なにおいで、わたしは思わず目を開けた。目の前を通る学生さんのヘアコロンだ。なにしゃれこんでんねん！　とつい毒づいてしまうけど、ここは東京なのだ。時間が流れるのが早く、みんな大人になるのも早い。

「どうぞー」

学生さんたちに夏季短期留学のコースのチラシを手渡そうとするものの、みんな無視して去っていく。

わたしの入社した英語学校では社会人の英会話コースやTOEICコースもあるけれど、こういった高校生向けの留学コースなどもたくさんある。入社前は、外国人インストラクターの補助とか事務局の仕事を希望していたけれど、実際にやらされているのは生徒の勧誘だった。つまりは営業部。いちばんやりたくないところにまたしても配属になってしまったのだ。

いや、これだって立派な仕事だ。スナックのすーさんのことを考えたら、爪が真っ黒にならないだけでもありがたいし、名のある会社に就職したのだから最初はこんなもんだ……。先輩の加藤さんが「はい、今日もチラシ配りね」とわたす大量の紙を抱えて会社を出たときは、そう腹をくくったはずなのに、春休みが終わったばかりの学校の前で、ぜんぜん受け取ってもらえないチラシを配ることはむなしいを通り越して辛すぎる。なんでみんなわたしがまるでいない人のようにふるまうの？　え、わたし透明人間か！

空を見上げれば、去っていくピンク色と、多い茂る緑色。

「花びらは去るんじゃなくて、行ってきます！　といって飛ぶんやで。そう思ったら悲しくないやろ」とママの言葉を思い出す。

でもね、ママ。今のわたしには去っていくと思うほうが合っているよ。

透明な声で呟いた。

「そんなの書いても時間の無駄じゃん」

事務室のデスクで仕事をしていると、背後に立った加藤さんの宇宙人みたいな声が降ってきた。

わたしは自分が配布するチラシに、ウサギのイラストと一言コメントを一枚一枚書いていた。手を止めて振り向き、加藤さんの顔を見上げていう。

「はい。面倒なんですけど、少しでも受け取ってもらいたくて。手書きがあると受け取ってもらえる気がするし、読んでもらえると思うんです」

「いいわねえ、新人は勤務時間中にお絵描きができて」

加藤さんは「ふっ」という人をばかにした感じの笑い方をして、わたしに蔑むような視線を向けた。慌てて「すみません」といってペンを置く。

（怖い顔、いじわるな人。大嫌い）

わたしは心のなかでありったけの悪口を吐くことで唯一の抵抗を試みて、涙がこぼれないようにぐっと歯に力をいれて加藤さんの背中を見る。加藤さんは勤務六年目の先輩で、わたしの上司にあたる人。上司といっても彼女に部下がたくさんいるわけでなく彼女に役職はない。

最初に見たときはセミロングが似合うアイドル顔のかわいい人だなと思ったけど、いつも眉間にしわよせて口角も下がっているので、もとい、ぜんぜんかわいくない。

「ちょっと春田さん、チラシまだ千枚以上残っているでしょ。はやく配ってきてくれる？」

「あ、はい」

「とにかくそんな絵はいらない。うまい絵でもないのにかっこ悪いでしょ。頭使って仕事してよね」

わたしはチラシの入った紙袋を持って、急いで外に出た。

今度は雨だ。雨だとわかっていて今から配布をしろと？　堪えきれなくて涙が出てくる。ビルの入り口で立ち止まったわたしは後にも先にも行けずに、チラシの入った重い紙袋を思い切り投げつけたくなった。


「わたしね、関西の人って苦手なんだよね。うるさいし、なんか派手だし……」

ある日、加藤さんが周囲に聞こえるような大きな声で話していたのを耳にして、わたしはできるだけ関西弁を使わないようにした。

それから、わたしはだんだんと無口になって、一人でいるときは、泣くことが多くなり、誰かに声をかけることもできなくなったのだった。

別に褒めて欲しいとまでいわない。けれど、冷たくしないで欲しい。わたしはなにもしてないのに。ただ、嫌わないで欲しい。

お金がなくて納豆ともやしばかり食べていたら、わたしは三ヶ月ほどで、一気に五キロほど痩せてしまっていた。

東京は春だというのに冷え込んでいる。

4

「もうちょっと切りますか?」

短いボブスタイルの女の人が鏡を覗き込んで話しかけてくる。

十五センチは切っただろうか?

わたしは目の前の美容師さんの刈り上げ寸前のこけしみたいな襟足を見ながら、「これでいいです」と必死で答えた。

東京の美容師さんはみんなおしゃれなのかと思っていたけど、お店によるみたいだ。

この人が話しやすいのは、東京モードみたいな感じじゃないからだ。ちょっと田舎っぽいということが、都会では長所になるのだと思う。都会には田舎っぽいことに安心する人が集まっているから。

鏡のなかのわたしは丸顔が目立って、いいのかどうかわからないけれど、あきらかに印象が変わった。ただなんとなく真面目に見える顔。気に入っていたママに近い髪色も暗めにした。好きじゃないけど、意地悪されるよりはいい。

髪を切ろうと思ったのは夏になったからじゃない。加藤さんがわたしにだけ特にきつい気がして、それはきっとわたしが派手に見えるせいだと気づいたからだ。わたしの服や髪型がそんなに派手とは思わないけれど、もっともっと真面目に見えるよう、とにかく変わりたいのだ。

右手で短くなった髪を触り、わたしはほうっと小さくため息をついた。

わき毛を見せて「人がなんといおうと気にしない」と豪語していたママを思い出す。ママなら東京でも堂々と生きただろうか?

ママ、「そのままでええやん」といってくれる人が、こっちには誰もいないよ。

鏡の自分を見つめて、心のなかで呼びかけた。

東京は確かに輝いているけれど、それはガラスの反射のようにピカピカしたもので、なんだか突き刺さる。わたしにとっていちばんの都会だった四条河原町《しじようかわらまち》よりもっと大きな街が各駅ごとに広がっていて、歩いても歩いても壁のようなビルが空を隠して、そのほとんどが灰色で、道も灰色で、歩いている人も表情がどんよりしている。

子どものころから一人で過ごすことが多かったから、一人暮らしはなんともないと思っていた。でも、机に置かれた砂糖水のグラスとか、「今日はハンバーグやで」と書かれたメモとか、トラの「エッ、エッ」という声とか、そういうものがなにもないということが、ほんとうの「一人」ということなのだ。誰もいなかった場所に、実はいつも誰かがいたのだと、今になってわたしは気づいた。

家に帰ると、電子レンジの窓からレトルトのご飯を覗く二分すら長く感じる。

即席のお味噌汁だってけっこうおいしくなったよね、コンビニのお惣菜だってなかなかのもんだよね、プラスチックのパックからそのまま食べれば、洗い物なしで超便利だし一人暮らしはこれでいいよね、と思う。手間がかからなくなると、食事は一気にエサになっていくのだけど、そのことに気づかないようにわたしはひたすらに、そう思う。

電子レンジがチンという。そのとき、電話が鳴った。

ママからだった。

そういえば、ここしばらくママは忙しそうで、声を聞くのは久しぶりだった。

電話をかけてもママは出なかったし、かかってくることもなかったから、きっと男と揉めたり熱くなったりしていたに違いなかった。娘は東京で一人で戦っているのに、いつだってママは子どもを放置するんだ。こんどこそグレてやる！

「なにママ？」そっけない態度で電話に出たら、

「元気か？」となんか、えへへと照れたように笑うママの声が耳に届く。

「なんなん？　どこに行ってたん？」

「いたよ、ちゃんと」

「こっち大変やねんで……」

もう、大人になっているのだから、ママにぶつけることも、ママに頼ることも、ほんとうはおかしいのだとわかっている。けれど、久しぶりにママの声を聞いていたら、だらしなく脱ぎ捨ててあったパジャマを顔に当てたとたん、嗚咽《おえつ》が止まらなくなった。

ママはなんにもいわずに、わたしが洟をすする音を聞いている。

ママの息遣いがわたしの耳から全身にいきわたって、ぐるぐると抱きしめているようだった。

しばらくして「実は……」ママに加藤さんのことを話すと、ママは「ふ〜ん。そりゃ、いけずな女に当たったな〜」と大笑いし始めた。

こんな泣いているのに笑うことないやん！　と言い返すわたしも、つられてふっと笑ってしまう。

「『ふっ』程度で傷けられるなんて悔しないの？　『ふっ』程度やで」ともう一回ママは、がははははと笑う。

受話器から聞こえるママの笑い声は、神社で巫女さんが鳴らす鈴みたいに、わたしの心を清めてくれる。

「思う壺《つぼ》やん、相手の」

「おもうつぼ？」

「うん、あんたは確かに被害を受けたかもしれへんけど、なんで、憎たらしいいけず女のせいで苦しまなあかんの？　もし、相手があんたを嫌いでそんなことしていたら、それは相手の思う壺やろ？　わざわざ、相手の壺に入るのはアホらしいわ」

「はあ……」

「悔しいやん、その人は楽しそうな人がいやなんやから。攻撃されて悲しそうにしたら余計相手を喜ばすだけやん、そんな壺から出よ。あんたには、あんたの『ありたい姿』があるはずや。相手の思う壺に入ってめそめそした自分でいたいんか？」

「ちゃう」

「そうやろ。どうせ入るなら、ママの壺貸そか？」

「いらんわ」だんだん面白くなってくるのがマママジックだ。

「自分の壺がええな。なああんたはどうありたいの?」

「どうって……」

「明るく、笑って、楽しんで幸せでいたいんちゃうの?」

「うん……」

「ママもいっつもそう思っている。あんたに明るく、笑っていて欲しい、それはあんたの壺。ママとまったく同じ壺や。だから相手の壺から出れるか?」

「わかった。そうする」

「うん」

一瞬静かになったので、わたしは大急ぎでほっぺたについた涙をなめていう。

「そやけど、ものすごいいじわるな顔やねん。右側の口角だけ上げて、目とか据わってて」

「それはすごい顔やな。その人なあ、どんどん意地悪な顔になってくるで」

「もうけっこう意地悪な顔になってる、普段からやねん」

「女の子やのに残念やなあ。でもそんな人、仕方ないけどぎょうさんいるから。自分がイライラすることや、受け入れられないことばかりに目がいって、ずっと怒ったはるんや。

ずっと不愉快なんや。だからその人の影響を受けて相手の壺に入ったらあかんってことや。あんたな、ひょうひょうとしてなさい。それで、その人の顔見るたびに心のなかでお経でも唱えとき、壺から出る呪文や」

「ママ、お経覚えてんの？」

受話器から一瞬ママの声が消えたと思ったら、すぐにこう聞こえた。

「なむあみだぶつ……しかわからへんわ」

「えっ、」

「わからへんから、なむあみだぶつの……うんと、そや、ありがとうにしよ」

「え、ありがとうもつける？」

「うん、うちの娘を強くしてくれて、ありがとうや」

ママは小さな声で、一人でぶつぶつと自分のつくった呪文を唱えてみせた。

それから「だいじょうぶやから」と、浮き輪の空気が抜けるときみたいな独り言をいった。

そんな簡単に人は変わらないけれど、ママのその呪文は、少なくともわたしには効果があった。ぐずぐず泣いて落ち込んでいる姿こそが「相手の思う壺」なんて聞いたら、そんな壺に入るのは断固拒否したくなる。何回も呪文を唱えながら、ときには笑ってみせることだってできた。そんなことを続けていると、辛い言葉で突き刺されても加藤さんの顔を見つめて「やっぱりそうですよね、すみません！」と次第に明るく返せるようにもなったのだ。

ある日、わたしは思いきって、書類を抱えて会議室に向かう背中に「あ、あの加藤さん！」と呼びかけた。

「は？　なによ大きな声で」

「わたし、どうしたら加藤さんと……」

「なによ」

「いや、あの……わたしの母はスナックやっているんですけど、そ、その母が加藤さんに『ありがとう』っていいなさいって……」

「はっ？」

「あのなので、ありがとうって……」

言葉に詰まって声にならない。わたしが口をパクパクさせていると「なによ……」と加藤さんはいつもよりずいぶん弱めの語尾で会議室に入っていった。

〝なむあみだぶつ〟の部分は、わたしとママだけの秘密だ。

5

「あんた！　大変やで。ママがな……」

今から会社に行くという慌ただしい時間にみっちゃんから電話があった。

「あとで掛け直す」といいかけて、「あ、でもなに？」とわたしは受話器を左肩にはさみドアによりかかりながら肌色のストッキングに右足を通す。

「そやし、ママの話や。ママがお店やめたの知ってるやろ。それで今朝、東京行きの新幹線乗って、柏《かしわ》のおねえちゃんのとこ行ったみたいやけど、なんていいよったと思う？」

「はよ、いうてくれる？」

わたしは太ももまでストッキングを上げながら早口で急かす。朝はもったいつけるなみっちゃん。

「ママはな、『娘のとこ行くのは当たり前やろう？　うちはな、これから母親になるんや。そう決めたんや』っていうたんや」

「あ、ぎゃっ」

親指に力が入ってしまい、ストッキングに穴が開いた。

五百円、瞬殺。く、悔しい。

「あ〜もう、破れたやんか」

みっちゃんは、そんなことおかまいなしに興奮したままで、そやから！　とわたしの声にかぶせるような大声でいう。

「ママ、母親宣言や！」

「は？」ストッキングを脱ぐ。

母親宣言……母親宣言!?

「だから。今日も今ごろルンルンして新幹線乗っているわ。東京駅から、電車乗り換えて柏、それから、あんたの東京に行くって張り切ってたわ。自由席でも次の電車並んだら座れるし、指定はとらへんねんて……」

「……」

「いちばん母親しなあかんかったときに放っといてなあ、まったく今さ……」

「今さらか！」

「そうやねん、今さらや！」

確かに自分勝手だ。小さいころ、どんなにさみしいといっても家にいてくれなかったのに、明日は明日の風が吹くとかなんとかいって、約束もしてくれなかったのに。

今さら？

母親って？

なんか、都合よくないか？

そんなことを思いながら、わたしの口元はさっきから緩んでくる。

結局、替えのストッキングがなくて、わたしは素足にパンプスを履いて電車に乗った。スカートの下は無防備だ。足下がすかすかする。あの破れやすい薄っぺらいものがないだけで、こんなにも違うのだ。電車の窓に映った顔がまだニヤついていたので「母親宣言ねえ」と言葉に出してみた。


その、母親宣言はいっときの迷いではなかったようで、東京に引っ越したときも、わたしが加藤さんのことで病《や》んでいるときも、東京に来ることはなかったママが、まじで頻繁に、萩の谷のお弁当を食べながら新幹線に乗ってやってくるようになった。

とにかく、長年続けていた仕事をやめたことはママの生活を大きく変えたみたいだ。妊娠してお腹がようやく目立つようになってきた柏のおねえちゃんのところでしばらく過ごし、その足で東京のど真ん中を横断して三軒茶屋《さんげんぢゃや》に住むわたしのところへ現れる。

ママは、わたしが会社に行く間に部屋の掃除や洗濯をしてくれて、そのあと時間があると駅前のパチンコ屋さんに行って（三回に一度は勝つというので、ほぼ負けている）、夜はたいていごはんをつくって待っていてくれる。

母親とはなにか？　ということを、わたしもママもみっちゃんも、ほんとうはわかっていない。

掃除をしてくれる人？　ごはんをつくってくれる人？

それなら家政婦さんでいい。そのあたりがわからないから、ママはわざわざ母親宣言をしたのだ。ここのところは手探りで「こんなもんが母親でっか？」と手慣らしをしている感じである。

家に帰って「ただいま」とドアを開けると、「おかえり」というママがすぐそこに立っている。

わたしの部屋は玄関のすぐ先に、小さなコンロがひとつだけの廊下キッチンがある。ママはそこで、特製オムレツの具を炒めているところだ。

小さく切ったジャガイモとタマネギに火が通ったら、合挽きミンチを投入して塩胡椒。ほんとうなら別のフライパンで薄く卵を焼いてくるむのだけど、コンロがひとつしかないので、ママは直接溶き卵を具の上にぐるっとかけ流す。

茶色だった具に黄色が混じって固まっていくと、丸い大きなパイみたいになる。じゅうじゅう音を立てながら、香ばしいにおいがせまい部屋いっぱいに広がっていく。

合間にミョウガとキュウリを刻んで、めんつゆと鰹節と生姜チューブでささっとあえたもう一品を完成させるママは、狭い廊下キッチンをわたしより使いこなしている。

「味噌汁温め直すから、先に食べな」

パイみたいなオムレツをやっぱりパイみたいに三角に切り分けながらママはいう。

荷物をおろして手を洗うと、早速テーブルについて、あつあつのオムレツを頬張った。小さいころと同じ味なのに、ずっとおいしい。

それにしてもママはわかっているのだろうか？　子どものころはいつもラップがかかっていたこれらの出来立てを、わたしが今になって初めて食べているということを。

ご飯から湯気が出ているだけで、わたしってこんなにも高揚するんだ。

味噌汁と塩焼きそばまで運んできたママにいう。

「炭水化物をおかずにするのは関西人やで」

「そやけど、好きやん、ほのみは塩焼きそばが」

ママはそう返して、自分も焼きそばをつまむ。

それから、わたしの顔を見て、唐突に説き始めた。

「いいか、男ができても料理が得意とかいうたらあかんで。苦手でぜんぜんできひんというねんで」

わたしは料理をするのが好きだ。ママとスナックで働いたおかげで、ちょっとはおいしいつまみをありあわせでささっとつくれるようになっていて、それは唯一のわたしのとりえでもある。

「なんで？」

「だからなあ、料理ができるっていうと、そしたら家で食べようってなるやろ？　それはそれであかんとはいわへん。そやけどそれって、男にとってはすごい楽なことやねん。どんどん慣れて、それが当たり前になるんやで」

「うん」

「最初は、外でデートするほうがいい。いろんなとこ連れていってもらって、いろんな物をごちそうしてもらったほうがいい。料理得意なんていうたらあかん」

「そうなん？」

「男だって最初は一生懸命やし、いろんなとこへ連れていってくれる。でも、最初から家で料理してかいがいしくしたらな、男の人が、がんばってよいとこ見せようっていう時期がなくなるやろ。それで、すぐに甘えの構造が生まれんねん。ごはんをつくってくれる人は、男にとっては母親ってことやしな。まあ、なんにもつくれへん、今から練習するとかいって、半年くらいしてからだんだんとレパートリーを増やしていく感じでやってみ」

「料理できないっていうたら、マイナスちゃうん？」

「料理はあと出しや。他の魅力で勝負や」

「他ってなに？」

「そんなん、いろいろや～。あんたはお尻」ママは笑う。

「料理が下手でも愛されるし、足が太くても愛される。そう思うことが、あんたの価値を上げていくんやで」

「でも、合コンで人気の山下さんは得意料理の話を……」

懲《こ》りずに応戦するわたしが、やがて「わかった」というまで、ママは何度も同じ話を繰り返す。


東京滞在中のママは、「ちょっと職場に顔出してええか？」と、ときどきわたしの会社についてくるときもある。

偉い上司の人たちともすっかり顔見知りになったママは「こんにちは～」と若い社員を何倍も超える明るさで会社に入ってくる。しかしママにはすることがなく、わたしも構ってあげる余裕はない。だから、すっかりママのファンになっている上司とか受付のお姉さんとかと話をして、十分もしないうちに「そしたら帰るわ～」といって帰る。

そのあと、どうも新宿のパチンコ屋に立ち寄っているみたいで、パチンコのついでに会社に顔を出しているだけだとわたしは読んでいる。


ときどき、駅近くのパン屋の前でママはわたしを待っていて、帰りに一緒にパスタとかを食べて帰ることもあった。

ママは今日、ぴちっとしたデニムをはいて、わたしのお古の、たしかママに買ってもらった短くて黄色いブランドジャケットを羽織っている。相変わらず、ママよりうんと若いわたしよりもスタイルがいい。

嫉妬心がちょっと顔を出したけど、

「あの連載小説、本になったみたいやねん。買っといてくれへん？」

ママが新聞広告の切り抜きをわたしに託しながら、自然に腕を組んできたので、そんな気持ちはすぐにどこかへいってしまった。

6

恋愛のことはママからたくさん学んだはずなのに、わたしはやっぱり恋愛がへたくそで、仕事の順調さと比較するとてんでダメだった。

そもそもわたしが惹かれる相手は心の状態によって変化し、ドキドキしたい一方で、穏やかでいたいという相反する欲求が交差するので、いつまでたっても「好き」が定着しない。

主な失敗の原因は、惹かれる男性が基本「俺さま」系だということ。ほんとうは口ばっかりなのに「大風呂敷」を広げる自信ありげな姿にうっとりして、いつの間にか恋をしてしまうのだ。

そして、態度のデカさと中身が反比例することがようやくわかってきたときには、もう情が生まれている。そしてわたしは従順な演技をしてしまう。

それでもある日、些細な、ほんとうに些細な言動から「この人はほんもののバカかもしれない」という思いが湧き上がり、憑き物が落ちたように、あるいはデータが消去されたように、思いがす〜っと気体になってなくなってしまう。やかんのお湯が沸いて、熱湯になって、そのまま放置すると全部蒸発してしまうみたいな感じだ。

そうなると相手は慌てて、俺さま系的なうるささでがるると吠えてくるのだけど、わたしはもう存在すら目に入らないほど相手への気持ちがゼロになっているので、びくともしないわけで、そんなときには包み込むようなやさしさで心を癒してくれる、まるで観葉植物のような男性に惹かれてしまう。

でもしばらくすると、今度は観葉植物の存在や反応の薄さにイライラしてしまうようになり、やっぱり引っ張ってくれる人がいいなあ、となってしまうのだ。

このように「俺さま系」と「観葉植物系」の男に順番に恋しているのが、大学時代から東京にまで持ってきてしまったわたしの定番恋愛サイクルだ。

今のわたしは「俺さま系」にはまっている時期であり、それがだんだんしんどくなってきている。まったくもって自分の男を見る目のなさにはあきれてしまう。

その日、わたしは仕事を早く切り上げて、おねえちゃんのところから到着したばかりのママと三軒茶屋の駅前で待ち合わせをしていた。地上に続く階段の上から、所在なげに下を覗くママが見える。

不安そうな表情は、わたしが視界に入った瞬間に消えた。

「おかえり」

「ただいま」

「なに食べようか?」

「帰り道にある、前に行ったイタリアンは?」

「ママな、途中でちょっとお店見つけてん」

「どんな店?」

「くじらって書いてあってん」

「くじら?　え〜、それがええの?」

「うん」ママは子どもみたいな目でわたしの顔を覗き込む。

「関西で食べれるやん」

「そうやけど……」

なんかもじもじしているママを横目に、その店どこ?　と聞くと、「ええのん?」と腕を絡めてくる。

「焼肉じゃなかったらなんでもええよ」

うれしいなあ、くじらって久しぶりやねん、とママは跳ねるように歩く。

そして店の前まで来ると「ここ、ここ」といってわたしの腕を引っ張った。

小さな木のドアの横に「くじらのおみせ」と手書きの紙がぴしっと貼ってある。

くじら串カツ、くじらベーコン、くじらのたたきがテーブルに並ぶと、ママは目をキラキラさせて、

「くじら久しぶりやねん、めっちゃ久しぶりやねん」

と何回もいって、ビールを飲みながら観賞している。

「はよ、食べえな」

「うん、目で味わって、その次が口」

ようやく箸でくじらの肉を一枚、口に運ぶ。

「うわ～、くじらさんありがとう」目をつぶって咀嚼しながらいう。

「すぐに飲み込むより、ちゃんと嚙んだらほんまに奥の味が出てくるなあ」

「嚙めば嚙むほど……てことやな」

「そうや、人も仕事も恋も、よく嚙まなあかんなあ」

「そうなんかなあ」

「あんた、焼肉嫌いやったのにごめんなあ。あのとき焼肉ばっかり行ってたさかいに、あんた野菜ばっかり自分で焼いて食べてたなあ」

「ミヤタ嫌いやったもん。なにが嚙めば嚙むほどや」

「あ、そうか」ママは素直にスルーする。

「ほのみは、噛んだらまずくなることが多いねんけど」

「男の話?」おかしくもないのに、ママはあははは~と笑う。

「なんやの、今の彼氏?」

「うん……っていうか、知れば知るほどいい味になる人なんていいひんで」

「今までの恋がやろ?」

「なんか、男見る目ないねん。ハズレばっかりやねん」

きゃっきゃっとママはわたしを見て笑う。

「片手で足りるくらいしかつきあったことないやん、ほのみは」

「そうやけど……だんだん、ダメかなあと思っても、まだちょっと好きが残ってて、なんかようわからへんねん」

「素直になってみたらわかるで。自分のど真ん中に聞くの。この人と一緒にいて、心地よいか、心地よくないか? 顔とか仕事できるとかお金持っているとか長くつきあったからとかモテるからとかそういうの一切関係なく、それだけ聞くの。それが答え」

ママはくじらのお刺身を箸でつまんでつるんと口のなかに入れた。

帰り道、コンビニの前を通りかかったとき、めずらしくママがアイスキャンデーを買うといいだした。

お腹はいっぱいだったけど、わたしたちはアイスキャンデーをかじりながら歩いた。ソーダ味が染みる。

「なあ、なんにも書いてないのんは、ハズレなん？」

ママが食べ終わった棒を月明かりにかざして見ている。

「うん、それはハズレ」

「あんたのは？」

「なんも書いてへんし、これもハズレ」

「もう一回買いに行く？」

「え～っ、なんでやな」

「あんた、アタリが欲しいやろ？」

「お腹こわすやん」

「そやしな……」ママはアイスの棒をなめながら上目づかいになる。

「ハズレでも、食べておいしかったんやから、まあええか」

「なんやな」

「ほんで、アイス全部アタリやったらやっぱりつまらんと思わへん？　どっかにアタリが隠れているのを探すのが楽しいやん。絶対に絶対にアタリはあるもん。だから、ハズレってな、次のアタリに近づくためのステップやねん」


家でわたしが風呂から上がって髪の毛を拭いているとき、やつから電話があった。

俺さま系の恋人、親会社の予備校で受験指導をしている三つ上の先輩だ。

最初出会ったときは、会社のことを丁寧に教えてくれるやさしい人だったのに、つきあうようになってから、次第に「おまえってさあ」となにかとマウンティングしてくるようになった。

本性が出たのか？　最近営業成績がちょっとよくなったわたしが調子に乗っているからか？

「あのね今日はママがいるの」といっても、なかなか電話を切ってくれない。そしてわたしも「切っていい？」と聞けない。

ママは黙ってテレビを見ている。

ちらりとママの横顔を見ると、さっきくじらを食べて「楽しいなあ、楽しいなあ」といっていたハッピーオーラはすっかり消えていた。

一時間後に電話を切ったとき、わたしの身体はすっかり冷えきって、髪の毛は冷たく半乾きになっていた。わたしはママの背中を見る。

「ハズレ」ママは背中を向けたままきっぱりいった。

「わかってるわ」

ため息混じりに、わたしは冷たい髪の毛にドライヤーをかける。

換気扇の下でしらけた顔してタバコを吸うママの顔を見ていたら、なんかむしゃくしゃしてきて、わたしはロック歌手みたいに頭をバサバサと振った。

ドライヤーの音が止むのを待っていたかのように、わたしの口から言葉が飛び出す。

「ママは……ママだってハズレ引いてたやん」

「はあ?」

「ママかて、ハズレばっかしやんか。パパやろ、ミヤタやろ……人のこといえへん」

「そうやな」

「なんで、あんなケチなパパと結婚したん?」

「ケチを見破れへんかった」

「なんか、実はカツラだったみたいな展開やな」

「そやけど、あんたもおねえちゃんもいるやん。おまけがアタリやったもの」

ママは右側の耳たぶを触りながら、引っ張って伸ばして引っ張って伸ばして、独り言のように「アタリでるでる〜」とへんな歌を歌う。

「恋とかもうええわ、なんかめんどくさい」

「一回目からアタリが出る人生ってええんやろか？　なんかそれってつまらんやん」

「いやや、アタリがええねん！」

「だって、ハズレのおかげで、次に期待できるやん」

「次もハズレでも？」

「次もハズレでもや」

「なあママ、結婚して子ども生むって大事なん？」

「へっ？」

キョトンとした顔のママにいう。

「ママもおねえちゃんもやってるやんか」

「どっちでもええんやで。ママは生んでよかったと思う」

「ほのみは……あんまり結婚したいと思えへんのや」

「そうか」

窓の外から雨音が聞こえてくる。

降り出す前に帰ってきてよかった。人生もこんなふうに、うまく雨を避けて生きられたらいいのに。

なかなか結果が出なくて、悩んでいたときにやさしくて頼れる先輩だった彼は、わたしががんばってがんばって結果を残せるようになり、周囲から評価してもらえるようになると、まったく違う人になっていった。「よかったな」という台詞は、政治家が汚職で退任するときに「すみません」と頭を下げる感じに似ていて、ちっとも心に届かなかった。天狗《てんぐ》になるなと彼はいう。そしてなにをいっても「でもさ」とわたしを否定して、わたしのやる気に鍋蓋をするように、上からぎゅ～っとつぶしにかかる。

一緒にいると、わたしは押しつぶされて小さい石みたいに縮こまって固まってしまう。小さな存在でいたほうが愛してもらえるという現実を受け入れるつらさより、彼と離れる決心をするつらさのほうが、ずっと軽いはずなのに。

何度も繰り返してきた失敗はループのようになって、わたしをいつまでも解放してくれない。

「ほのみ、人生いろいろやん。結婚して家族をつくるという幸せもあるし、一生独身で自由に生きていくという幸せもある。いろんな人の、いろんな形の幸せがあるねんで」

「そやけど、ママは結婚して子どもも……」

「ママは、自分の人生で経験したことしかわからへん。結婚してない人生も、子どものいない人生も、恋をしてない人生も、ママは経験してへん。それでもママは一切後悔してないし、明日死んでもいいと思えるで。でも、これはママの人生であって、あんたのとは違う。親だって他の人生がどんなもんかは知らんやろ。どれがいいとかいえる親は、だから世の中に一人もいいひんねん。なにがその子にとっていちばんいい人生かはわからへんねん。自分の経験値だけでこうしろああしろとかあんまり子どもにいうたらあかんと思うねん。どっちでもええのや。あんたが幸せやなと思えたら、それが成功。どんな人生でもやで」

「でも、まわりはさあ……」

「自分の人生は自分だけのもの。世間とか、常識とかまったく及ばないことや」

翌日、ママはわたしが仕事に出たあと京都に帰っていった。

家に帰ると、一冊のノートが置いてあった。ママが買ってきたのだろう。小さいころ、よく伝言を書き残してくれたことを思い出した。伝言ノート東京バージョンだ。

「保美ちゃんへ

昨日の森田くんはちょっとへんな感じ。

今は仕事にエネルギーを使うのだから恋はやすらぎであれば良いのに、
電話の会話を聞いているだけでママはカッカときた。
一緒の職場で仕事をしてつきあっていくことは大変なことです。
仕事と恋をごちゃごちゃにしてはだめ。
保美が苦労していろいろと仕事のみんながよくなるようにと
考えて案を出していること、森田くんはわかっているのですか？
仕事大変だからこそいろいろな面で助けてくれれば良いのに。
ママは保美がかわいそうに思える。
保美ももういろいろと言うのはやめたら？
性格はなかなか直らないもの。
電ワであれだけ一生懸命に言ってもわかってもらえなかったこと、ママは忘れません。
なんて男だと……。もっと（ウツワ）の大きい人だと思っていた。
サスガ、男の中の男と思わせる様に努力してくれればネ。
いろいろとよけいなことを書いてしまったけれど、
保美のことが心配でたまらないから、たまらないから。
またすぐ来る。心配でたまらないから。

保美がルンルン気分になるように祈っています。

世の中、男はいっぱいいるのよ。

保美が「ごめんね」と云っているのに「なんのこと」って云ったのはびっくりした。

保美の考えたことにイチャモンつけたいだけ。

なにもわかってない。ママは会話を聞いているだけでわかったのに。

毎日毎日夜にあんな長電ワはやめたほうがいいと思う。

〝ムダ〟時間のムダ、エネルギーのムダ、バカバカしい、アホカ。

もっと云うことあるけどやめるわ。

保美から、助かる、嬉しい、幸せ、楽しい、優しい、大好きという言葉を早く聞かせてくれることを心から祈っています。

今は仕事のことだけ考えているほうが良いと思う。

全部はわからないけどママの感じたことを書いただけだけど、
でもやっぱりママが男のほうに味方するぐらいの人になって欲しい。

ママは娘はかわいいけど、まちがっていたらそれは違うと云う。

今の保美の云うことは正しい。絶対にな。　ママ」

ママがつくっておいてくれた卵焼きを手づかみで口に運ぶ。甘い卵焼き。小さいころからずっとこの味。

ママはなんでもわかっている。なんでもなんでもわかっている。

わたしがどうしたら幸せになれるのか？　わたしがどんな言葉を求めているのか？

わたしがどんな味を好むのか？　まるで未来からやってきたわたしの分身であるかのようにわたしを理解している。

ティッシュを一枚とって、ずるずるになった鼻水をちんとかむ。

そして鏡の前に立って口角を上げて笑ってみる。

さて、あいつに電話をしよう。いいたいことは一分もかからないのだ。

7

わたしが東京で休みなくがむしゃらにがんばっているとき、京都の実家では、信じがたいことが起こっていた。

パパから電話があってな……とおねえちゃんから電話があったのは、ママの母親宣言よりちょっと前のことだった。

「おっさんが、家を買うっていうてるんや」

「えっ」

あのケチなパパが新しい家を？

「今住んでいる家も十五年やしって」

「リフォームじゃなくて？」

「なんか、英語で言うてたわ、スクラップなんとかって、とにかく新しいのを買うって」

「スクラップアンドビルド？」

「そう、それ」

「え、ママと一緒に住む家ってこと？」

「庭がある家を見に行ったみたい、一緒に」

娘が二人とも家を出て、二人きりになったパパとママには「籍」以外に互いを縛るものはなにもない。もう養育費だっていらないのだ。とうとう離婚するというならわかる。ところが、パパはそうでない方向に舵をとったのだ。わからない、ややこしいパパ。パパとママが一緒に出かけている姿がなかなか想像できないでいると、おねえちゃんは「へんやんな」と先にいってくれた。

そうして、数ヶ月後、ママとパパは、新しい畳の香りでいっぱいの、植木に囲まれた赤い屋根の立派な家に引っ越したのだった。まあ、引っ越しをしてもママは母親宣言の真っ最中だったので、月の半分は家にいなかったんだけど。

お正月に帰省すると、ママが張り切っておせちを用意して待っていてくれた。お重の蓋をあけると、かまぼことハムと栗きんとん以外は全部ママの手づくりが詰まった華やかで手の込んだおせち料理が顔をだしたので、わたしとおねえちゃんは「わあ～すごい～」とけっこう本気の歓声をあげた。頭のついたエビとか唐揚げとかいろんなものが、ほんとうに美しく並んでいる。

ママはうれしそうに「頭付きの鯛塩焼きもあるし、あとで出すな」といって、さっとキッチンに消えた。もちろん広くてきれいなキッチンだ。

パパが「おい、引っ越したときに植えたやつ見てみ」というので、ソファーのあるリビングの窓から覗くと、隣家との境目の塀に沿って赤い葉をつけた木が等間隔に行儀よく並んでいる。

「今度、あっちに松を植えるで」

パパは新しいおもちゃを手にした子どもみたいにはしゃいでいる。

「あれ、なんて名前？」

「名前？」

「あの木の」

「え〜っと、聞いたけど忘れたわ」

ママがキッチンから顔を出して、

「紅かなめっていうねんで。ママ、かなめちゃんって名前つけてんねん」

菜箸を指揮棒みたいに振りながら自慢げにいった。パパとママの新しい家で生き物が育っているという事実に、わたしはぞくりと心が疼いてしまう。

隣でパパは得意げだ。そういえば、パパはいつもこういうドヤ顔をするのが好きだった。ここは大いに「すごいすごい」と言って、そのドヤ顔をもっとピンク色にするのも娘の仕事。なにもかも枯れていたところから、生命が育つ場所にママを連れてくることに成功したのだから、今日はもっとドヤっていい。

二階には三つ部屋があり、いちばん大きな部屋がパパの部屋、真ん中のかわいい洋室がママの部屋、もう一部屋にはわたしたち姉妹が使っていたベッドが並べて置いてあり、いつ帰ってきても泊まれるようになっている。

ママの部屋の化粧台には香水の瓶がきれいに並べられていて、それは前の家にもあった香水なのに、まったく違うものに見えた。ママのベッドもある。

ママはずっと、ラブホテルか家のこたつか、もしくはお店のソファで寝ていたけど、ようやく自分のベッドで眠るようになったのだ。こんなふうに自分の寝床で悠々と睡眠をとれるのは何年ぶりなんだろう。

ママがお雑煮を出してくれた。

干し椎茸と鰹と昆布でとった出汁に、お醬油とみりんと酒で味付けしたすまし汁。中には水菜と鶏肉と人参、そして椎茸が入っている。

おもちにはうっすらと焦げ目がついていて、出汁につかった焦げ目の部分がふやけてさらに香ばしくなる。

「こっちは福岡の味な」

ママがパパの前に置いたお椀にはブリが入っている。パパは福岡出身で、そっちのお雑煮はブリなのだ。

家族そろって食卓を囲むのは、いったいいつ以来だろう。わたしとおねえちゃんと臨月のおねえちゃんのお腹にいるママの初孫になる子ども、そしてママとパパ。

ビールで乾杯をしたあとも、どこかぎくしゃくして、差し障りのないことばかりしゃべっている。わたしは二十三歳にもなるのに、家族のお正月は初心者なのだ。

いや、わたしだけじゃなくて、わたしたち全員にとって、これが初めての家族としてのお正月なのだ。

こんな光景、ママがミヤタに夢中になっているときには想像もできなかった。

でも、今、日本中のほとんどの人が家族と一緒にいる日に、わたしたちも同じ場所に集まり、同じものを食べている。家族という未知の料理を味わうように。

ずずっ、ずずっ。

それぞれがお雑煮をすする音が部屋に響き、庭ではスズメがうるさく鳴いていて、おもちを飲み込んだり、椎茸を嚙み砕いたりしている間に、ずずっという音はパパの洟をすする音になり、それはママとおねえちゃんとわたしにも次第に伝染していった。

「おいしいわこれ」

パパが下を向いたままいう。

ママが不意にキッチンに立つと、上から読んでも下から読んでも山本山の金色の缶を持ってきて、かぱっと蓋を開け、海苔を一枚取り出した。それをわたしに差し出し、赤い目でいう。

「あれ、やって」

「いやや〜」

「ええやん、正月やで」

「ほな、おねえちゃんも一緒に」わたしはおねえちゃんにすがる。

「なに」とおねえちゃん。

「ママもしたらええやん」

「ええ〜」

仕方ない。わたしは海苔を上の歯にべたっと貼りつけて、にかっと笑った。

「はい〜お歯黒〜」

けっこう強烈な顔になっているはずだ。

パパが「ぶっさいくが、よけいぶっさいくやで」といつもの余計なことをいう。

おねえちゃんも「これこの大きさのまつけんの?」といいながら、真っ黒になった歯で「にか〜っ」とした。

そうなるとママも同じように乗る。真っ黒の歯で「これでええか〜」と、にかっとやっている。

「おまえらアホやな」パパは苦笑いしている。ほんとうは「パパもつける?」といって欲しいくせに。

ママとおねえちゃんとわたしは、互いに指さし合って笑っている。そしてさっきとは違う涙をぼろろんと流してまた笑う。

「おまえら、海苔だけにノリノリやな」笑えないどころか、思い切りすべったパパがまたドヤ顔に戻る。

がははは～、あははは～と息継ぎがしんどいくらい笑ってしまう。みんな笑っていた。そしてようやく「ふう～ふう～」と落ち着いたところで、パパが主導権を取りかえそうとして「あとで初詣やな、裏山に神社があるさかい」とおねえちゃんに必死でいっていた。

そうそう、このへんな空気に一切入ってこられないまま、おねえちゃんの横で引きつった笑いを顔に貼りつけ、存在の消えかかっている人がいた。おねえちゃんの旦那さんだ。

かわいそうな旦那さんは、笑い転げるおねえちゃんに「海苔貼ったら？」といわれて、ものすごい勢いで首を横に振っている。

お酒も飲めない、海苔も貼れないいんじゃ、この空間は苦痛だろうなあと、わたしは他人事のように義兄を見つめた。

ひとつの駒《こま》が裏返れば、あとはどんどん変わっていくのが「流れ」というものかもしれない。お店をやめて時間ができたママは、似合わない家庭菜園をやり始めて、ときどきパパにごはんをつくって、掃除もして、おまけに新聞の連載小説まで読み、パパからもらう月十万の食費の残りをへそくりし、余ったお金でパチンコへ行き、東に向けて新幹線に乗る。ついに男の子を生んで、子育てに翻弄されているお姉ちゃんのヘルプをして、それからわたしのところに顔を出して、東京用につくった伝言ノートに文字を残して帰る。

わたしたち家族の真ん中にいるのはママという太陽。

ママが笑顔だと、まわりの人間は自分のペースで順調にママのまわりをくるくると回れる。

東京にママがやってくるとわかっている日は、わたしも伝言ノートにママへのメッセージを書く。帰ってきたときに直接話せばいいかと思うのだけど、話す言葉と書く言葉はちょっと違う。心に刺さったトゲをノートにはさむこともあるし、心から溢れた温泉のお湯でノートを湿らすこともある。

それは長年、わたしとママが、いや、ママがママ自身と、わたしがわたし自身と向き合うために、相手の目に映った自分の顔を見つめるようにして続けてきたものだ。

「ママ、おかえりなさい！

というか、いらっしゃいませ？

どっちでもいいけど、今日もありがとう！

ママが来てくれたらすごい助かります。

おいしいごはんも食べれて、掃除もしてもらって。
そやけど、交通費だいじょうぶ？
ちょっと心配。もっともっとわたしも稼いで、
いつかママを海外に連れていってあげるね。
仕事は、新しい担当も増えて、実はこの間、成績良くって表彰されたよ。
これはまじでスナックでのママのレッスンのおかげ。
そんなわけで、今日は会社の人と飲み会〜〜〜！！！
仕事で遅くなってばかりでごめんね
今日は帰るのがたのしみ　大好きなママへ　ほのみ」

ママがうちに泊まる日は、ママと一緒のベッドで眠る。

ちょっと狭いけれどワンルームだし、予備の布団もないので仕方ない。

「今日はパチンコ負けたわ」

「いくら？」

「言わへん」

「もうあんまりしたらあかんで」

「うん、お金もったいないことしたわ。増えたら、ほのみに服でも買ってあげようと思てんけど……」

「うん、ママは欲しいものないの？」

「別になあ……あ、この星が欲しいわ」

ママはわたしが天井に貼っている、暗くなると光る星のシールを指さした。

「この家に泊まるとき、いつも寝る前じっと見るねん。ひとつの星だけ見ると、まわりがぼやけてきて、全部消えるんやで」

「へっ、ああそうそう」

「ママはあの星を見ているけど……ほら消えた！」

「目の錯覚？」

「知らんけど、そうやって寝るときに星を消したりつけたりしているのが面白いねん」

「ママの部屋の天井にも星つけるんやったら、明日、シール買ってくるね」

「うわ、ええの？うれしい」

ママは、それから二日後に星のシールをうれしそうに鞄に詰めて帰っていった。

伝言ノートには冷蔵庫に入っている料理の絵が描いてあった。そして、「ほのみはママのタカラモノ。だいすきよ」と、面と向かってはいわないけど、ママがずっと昔からノートに書いてくれた言葉がちゃんとあった。

　タカラモノといわれるなら、その名前に恥じないようにしたいと、ずっと昔から思って生きてきたような気がする。

　なにも変わらないわたしは、「ベンピ用！　ママより」と黒いペンで書かれたバナナを手にとってから、部屋の明かりを消してみた。

　今日からママの部屋の天井には、わたしと同じ星が輝くはずである。

　四月になると、去年と同じように桜が旅する季節になって、新入社員も入ってきた。今度はわたしが、「これを配ってきてください」と渡すほうになって、加藤さんはいつの間にか「あなたのときよりも、今年は出来がよくない」とわたしに愚痴をこぼして笑うようになっていた。

8

　ママはいつでも「うれしいなあ、うれしいなあ」と二回必ず続けていう。

　関西人は癖で「暑い、暑い」とか「寒い、寒い」とか二回続けていうからというのもあるけど、ママの二回はちょっと違っていた。

「うれしい言葉は二回がええの」

「なんで？」

「一回目は自分のためで、二回目は相手のためにいうねん」

「うれしい言葉って、楽しいとか、おいしいとか？」

「うん、聞いたら幸せになる言葉や」

「たのしい、たのしい」わたしがいうとママが合いの手を入れる。

「うれしい、うれしい」

「きれい、きれい」

「それええなあ、きれい、きれいっていうてくれる男と一緒やと、ほんまにきれいになれるんやで」

「いうて欲しい〜」

「そうそう、幸せ、幸せってな。ぜんぜん幸せじゃないときもいうねんで。必ず二回いうねんで。けっこう凹んでるときでも、こうやって口にすると一〇〇％の凹みが九十九％くらいにはなる。たったの一％か！　って思うかもしれんけど、一％でも上がるということはすごいねんで。上に登るはしごに足をかけるようなもので、大事な最初の一歩やもん」

ママは今回もおねえちゃんのところで十日間も「ばあば」をやってから、わたしのアパートにやってきた。

ママが来るとレトルトにうんざりして食欲のなかったわたしが、うまいうまいとママの手料理を食べ始める。

おいしい生活はありがたいけど、太りやすいわたしの身体には目に見えてありがたくない。今朝は、ロールパンにウインナーとキュウリをはさんだものをつくってくれた。ロールパンはトースターで焼かずにフライパンでかりっと焼く。そうすると、生まれ変わったみたいに香ばしくふわふわになる。

寝起きにぼうっとしていたら時間がなくなってしまい、わたしは慌てて家を出て、「おいしい、おいしい」といってないことに電車に乗ってから気づいた。

その日の午後、めずらしく仕事中にママから電話があった。時計を見ると二時半くらいで、わたしはちょうど新しい営業スタッフの面接を任されていた。

「ほのみちゃん、ママお腹が痛いねん」

「え、すごい痛いの?」

「うん、朝ロールパンとチキンラーメン食べたんやけど、なんかあかんかったんかなあ。ぜんぶ吐いてしもうた」

「我慢できる？」

聞いてから後悔した。我慢できるくらいなら、電話などしてこない。

「わたし、今面接中やから、これ終わったら帰る」

そういって電話を切った。

どうすればいいか考えて、とりあえず、借りているアパートの大家さんに電話をした。同じアパートの最上階に母親と二人で住んでいる大家の清水《しみず》さんは、自宅で司法書士の仕事をしているので、わたしの家の電球を換えてくれたり、いろいろと世話を焼いてくれる。

事情を話すと、「わかりました、お部屋まですぐ見に行きますね」といってくれた。わたしはほっとして、面接を続けた。

しばらくして清水さんから電話があり、ママを病院に連れてきたので直接来て欲しいという。今は痛みもとれて、病室にいるらしい。わたしは面接が終わるとすぐタクシーに乗り込み、病院へ向かった。

ママはベッドの上で起き上がり、わたしを見て青白い顔で申し訳なさそうに微笑んだ。

「だいじょうぶやったん？　びっくりしたよ」

「忙しいのにごめんな。仕事ええんか？」

「だいじょうぶ。それよりどうなん?」

「うん、今は落ち着いているねん」ママは笑っていう。

「そうか。それにしてもどういうこと、なにが原因やったん?」

「腸閉塞、前にもやったことあるの」

「えっ? いつ」

「一年ちょっと前な、二週間くらい入院してん」

「嘘、なんでいわへんの?」

「あんた、東京来たばかりで大変やったやろ?」

「……」

「で、ちょっと腸がくっついて狭くなってる部分をはがすまで、まあ三日くらい入院したほうがええって」

「え、入院せなあかんの?」

「そうなんや。前と同じや」

「京都にもう一日早く帰ってたら……引き止めてごめんな」

「すぐ治るし、だいじょうぶやで」

「いちおう、パパにも連絡しとくわ」

「まあ三日やし、どっちでもええけど」

急いで帰って、着替えを用意する。

病気とか入院とかそんなことを一切経験したことのないわたしは、パジャマ、下着、歯ブラシ、タオルと指示されたメモをいちいち確認しながら紙袋に詰める。他にいるものはないだろうか？　迷いながら、やっぱり必要最低限だけにして家を出る。

病院に戻ると、ママのほっぺたはピンク色に戻っていて、不安は消えていった。

「お腹空いたやろ？」

「うん、吐いたしなにも食べたらあかんみたいやし、修行やな。でも痩せてちょうどいいやろ」ママはそういって笑った。

当然、パパにもみっちゃんにもおねえちゃんにも、おじいちゃんにもおばあちゃんにもママの入院を知らせた。とにかく三日で退院できるということで、みんな忙しいわたしのことばかりを心配してくれていた。

仕事前と仕事帰りにママのお見舞いに行った。

二日目に柏からおねえちゃんが来てくれたので、その日は面会時間ぎりぎりの十九時に到着した。わたしを見るなりママがいう。

「仕事大変やのに、毎日来んでもええって」

「今日は雑誌持ってきた」

「ありがとう。でももう遅いし、二人とも帰ってええで。ほのみちゃん、おねえちゃんにおいしいもの食べさせてあげて。あんたお金あるやろ」

「わかった。おねえちゃん、なに食べたい？」

「普通のもんでええの」

「普通ってなに～？」

「ママも退院したら、ビール～」

ニコニコして聞いていたママは、両手を上げようとして「いたたた……」と右手の点滴が引きつったところをなでた。

「近くにお好み焼き屋さんがあるねんけど、行こうか？」

おねえちゃんは手帳から顔をあげてうなずく。

わたしたちは病院を出ると明治通り沿いにあるお店に入って隅っこの席についた。

「モダン焼き」とわたしがいうと、

「豚玉にするから半分ずっこにしよう」おねえちゃんがいう。

注文してしばらくすると、銀色のボウルにお好み焼きのタネが入って出てきた。かちゃかちゃと混ぜると、卵がつぶれて白い小麦粉のなかでマーブル模様になる。わたしたちは、じゅーっと焼ける豚玉を真ん中に置いて、それをしばらく見つめた。

「わたし、高校生のときお好み焼き屋さんでバイトしたやんか」

「そうやったっけ?」

「うん。その店、ミヤタの関係の人がやってて、バイトしいひんかって誘われて」

「ああ。ミヤタがよく来る店なんかでよう働くなあと思ってたてん」

おねえちゃんはそういって上手にお好み焼きをひっくり返す。

「なんでやめたかいうてへんやろ?」

「もう焼けるで、全部かけていい?」

「三人連れのスーツ着たお客さんが来たときがあってな、そのうちの一人がお味噌汁とお茶漬けが食べたいっていわはってん。お茶漬けはメニューにないんやけど、白いご飯と海苔と梅とお茶は定食用にあったから、ほのみはそれを出してあげてん。なんか、お茶漬けの気持ちがわかったし、それでいいと思ってん。そのとき、たまたまミヤタがいて怒られたんや」

「だって、ほのみ。メニューにないもの出したらあかんやん」

「そうやけど、お茶漬けなんて簡単にできるやん」

「まあなあ」

おねえちゃんはコテできれいに切り分けてわたしのお皿に置いてくれる。

「ミヤタが『メニューにないもの出すなんてそれはあかん、勝手なことしたらあかん』ってぎょろぎょろした目でほのみにいうんや。お客さんが喜ぶことをしてなにが悪いかわからへん。メニューになければ、追加したらええやん。材料あるんやし。なんで、売るほどあるものを欲しいという人に出したらあかんのですか？　って聞いたら、ミヤタがいやそうな顔してん。ママの前ではやさしいふりしてるくせに。そんで、わたしの『なんで』にちゃんと説明してくれへんかってん。それでな、絶望したんや」

「絶望って……」おねえちゃんは苦笑いしている。

「大人に絶望した。それから、バイト行かへんかってん。ママは、シャレードでお客さんが『湯豆腐食べたい』とかいうたら、小鍋でささっとつくって出してあげたりしててん。どんな要求にも『ないです』とかいわへんかってんもん」

「うん、はよたべ」

わたしはぐずぐずとコテに載せた豚玉を口に運ぶ。関西に負けないくらいおいしい。山芋がたくさん入ってふわふわしている。

「ママ、そのあと『ほのみはええことしたなあ。その人すっごいうれしかったと思うで。

メニューにないこととして、それがお客さんを喜ばしたんやったらすごいやん。それはミヤタも怒ったらあかんかったなあ』っていってくれた。バイト行かへんようになったのに」

そう、ママは怒ったことがない。どんなことでも、どんなときでも、わずかなプラスのカケラを探して褒めてくれた。

わたしはそのカケラを寄せ集めて自分という形をつくってきた。

なんにも目立ったところのない、誰かの影のような子どもだったわたしが、自分をそんなに嫌いにならずにひょうひょうと生きてこられたのは、ママがカケラを見つけてくれたおかげだ。

「ソース、服につくで」

おねえちゃんはもくもくと食べながら、姉の顔になっていう。


入院三日目。

ママはわたしの顔を見るなり文句をいい始めた。

「あんた、雑誌持って来てくれるんはいいけど、なんでオレンジページやの？　料理の写真ばっかりやんか。ママお腹空いてんねん。これ見てたらぐ～とお腹鳴るねんで」

「ごめん、そうか～」我ながらまったく気が回らない。

「それにな……ママ見えにくいねん」

手を伸ばして雑誌を遠ざけながら、小さな声でいう。

「へっ?」

もしかして……。わたしのなかでママと老眼がまったく結びつかない。

この三日間、ママは見えない小さな文字と格闘していたのか。

わたしは大量に持ち込んでしまった雑誌の山を見た。


約束の三日が過ぎた。でもママはもうちょっと入院することになった。

担当の先生が、内科治療で改善が見えないのでもう少し様子を見ましょうという。腸の狭くなったところがまだそれほど広がっていないらしい。

ママもわたしも仕方なくうなずいた。病院では先生は神様だ。

そのうえ、担当医は大学を出て間もない若者で、ちょっとかっこいい。

「ほのみ、あの人好みやろ?」

「べつに」

「ママはまああやな」

「ふ~ん」

「ほのみちゃん。化粧品持ってきてくれへん？」

「入院してんのに、いらんやろ」

ノーメイクでつぶらな瞳になったママは拗ねたような顔をする。

「気分が違うねん。ここで病人と一緒に寝巻き着て、点滴して、テレビ見て、おまけにぼさぼさの頭でスッピンでとなったらな、なんかどうでもよくなってくるやろ。化粧でもして、よしって気合い入れたいねん。お願いやわ」

翌日は、夕方いったん家に寄って化粧道具一式を持ってきた。ママは念入りに鏡を見て顔をつくっている。どうせすぐに落とすのに。面会は娘しか来ないのに。

「なあ、これ一本でステーキ一枚ぶんくらいのカロリーなんやって。先生がいうてはった」自分の腕に流れている点滴を見上げていう。

そうか、ママはもう三日以上なにも食べてないんだ。

窓の外は曇った空がやけに重苦しい。猫がなあ〜なあ〜と鳴いている。

「ほのみ、この病院のそばにはたぶん猫が五匹いるで」

「どうやろ」

わたしは三階の窓から下を見下ろし、目を凝らして毛のかたまりを探す。

「声でわかるの。な〜な〜というのもあれば、なご〜なご〜って低音のやつとか、にゃっにゃっと短い声とか」

「よう聞いてるな」

「ほら、うちにトラっていたやん。あいつの声面白かったなあ。エッエッて鳴いて……。トラに会いたいなあ」

ママは窓のほうを見たままいう。ざわざわと葉を揺らす木の向こうに灰色のビルが並んでいる。

「退院したら猫飼ったら?」

「いやや、死んだら悲しいもん」

窓のほうを見つめたまま、ママがいう。

「なあ。クマに連絡して欲しいねんけど」

「自分ですればいいやん」

「……ケンカしたままやねん」

ママは老眼の告白と同じように、いいにくそうに打ち明ける。

「なんでケンカしたん」

「あんなあ、クマにお金ないっていうてお金もらったその日に、ついついパチンコ行ってん。そしたら、パチンコ屋にあの人が来て、すごい怒ったわけや」

「なんでパチンコ行ったんやな」

「なんでって。時間あったし、お金増えるかな〜って思って」

なご〜なご〜、なあ〜なあ〜という声に交じって、なああああ、なあああとというドスのきいた新しい声が聞こえた。

「クマさん、ママの入院知らんからびっくりしはるやろなあ」

「うん、そのびっくりした隙に『もう、パチンコはしません』ってママがいってて、クマさんに会いたがってるっていうといて」

「ママもクマさんと長いな」

「なんだかんだいうてなあ……落ち着いた関係になったわ」

ママは照れくさそうに、向日葵みたいな笑顔を向ける。にゃっ、にゃっという小さな声がかすかに聞こえて、ママは「あっ」という顔をしてわたしを見る。わたしは窓の下を覗き込んだ。

「みんながんばって生きてるなあ」

「やっぱりええわ」

ママが急にいう。

「へっ、なに？」

「クマに連絡せんでええ」

「じゃ、ママからする？」

「帰ってからにする」

ママはふっと笑って肩をすくめた。わたしはママの心を覗き込む。

「いや、とにかく電話だけしとくわ」

「今日はもう遅いし、家に帰ったはるかもしれんから、電話は明日の昼ごろにしてな」

「はいはい」

「じゃ、カラスも帰ったから、あんたも帰りなさい。明日も仕事やろ」

ママはいつもどおりあっさり切り上げる。

「うん、わかった」

「晩ごはんはどうするん？」

「適当に買って帰る」

「インスタントはあかんで」

「今さらなにいうの。小さいころに食べ飽きたわ」

そういうと、一瞬さみしい空気が流れた。あっと思って下を向くと、ママは苦笑いして
「あんたは料理が上手やねんから」ともごもごと褒める。

そういえば、今のママはタバコも吸ってないんだ。

ふと、猫の声を一人で聞いていたママを想像する。一人のとき、ママはどんな顔をしているのだろう。お腹を空かせて、なにを思っていたのだろう。

「化粧とるやろ?」

「そやな」

「じゃ、クレンジングしてあげる、エステしてあげるわ」

わたしは寝転んでいるママの顔にクレンジングクリームを置いてくるくるとマッサージしながらさっき塗ったばかりのファンデーションを浮かせる。

コットンに化粧水をひたひたとさせて、ママの色白のやわらかい頬にすべらせる。

「ひやっひやっひやっ」ママが笑う。

「お客さま、このあとコットンパックして美顔マッサージをいたします」

「いらん、いらん」

「この化粧水はクラランスのものです、お肌がしっとりしますよ」

「あんた高いの使てるなあ。やめて、もったいない」

「なんやな、顔動かさんといて」

「ちょっとでええし、あ、そんなどばどばって……。ママはヘチマ化粧水でええねんって」

そういいながら、ママは弾けるように笑っている。割れそうな風船みたいな笑顔で。

翌日、わたしはクマさんに連絡できなかった。

ママが大変なことになってしまったからだ。

朝、会社に行く前に顔を出すと、ママはいつものように笑っていなかった。その代わり、ベッドの上で「痛い、痛い、助けて」と大声で叫んでのたうち回っていた。

「ママ！」

看護師さんが何人もやってきてママに注射をしていたけれど、痛みが収まる様子はない。ママはもうわたしの顔を見る余裕もなく、右へ左へ転がり、お腹を上げたり下げたりして、酸素マスクを自分で口にあてていた。ベッドがギシギシ鳴っている。

わたしは面食らいながらも、ここは病院だということを思い出す。すぐお医者さんが来てくれるはずだ。診てもらえば必ず良くなる。

でも、そんな思いは二分後に消えた。ママがこんなに苦しんでいるのに、担当医が来ないのだ。

ママは、痛い、痛い、死ぬ、痛い、いた〜い……とさらに身体をねじって叫んでいる。

不安が一気に膨張し、わたしはベッドのそばで叫んだ。

「先生は？　担当の先生は、どうしたんですか？」

「今、他の処置ですぐにいらっしゃいます」

看護師さんがいう。それでもなかなか来ない。不安が爆発して怒りに変わった。

わたしは病室を飛び出して、廊下に出て大声を上げる。

「早く、早く来てくださいー‼」

紙袋を持った疲れた顔したおじさんが「だいじょうぶですか？」と聞く。

だいじょうぶじゃないから叫んでるんだろ！

何回叫んだかわからないけど、ようやく先生がやってきて、ママを見て慌ててなにか指示をした。

ストレッチャーが運ばれてきて、あっという間にママを乗せて部屋から出ていく。

「あの」わたしがいうと先生は振り向いて、

「診察室へ。治療します」とだけいった。

ママは強い注射を打たれたのか、いつのまにかぐったりして暴れるどころではなくなっていた。

その場に残されたわたしは、なにが起こったかわからないまま、しかしようやく先生が来てくれたことに心の底からほっとした。同時に、もっと早く来てくれたらママはあんなに苦しまなかったのに……と腹が立ってきて、空気の吸い方を間違えて思い切り咳き込んだ。

診察室の前で一人待っていると、先生が出てきた。

「お腹のなかで、腸が破裂して緊急手術が必要なんですね」

まるで天気の話をするかのような口ぶりだったので、一瞬、なんのことをいっているのかわからなかった。

「こちらの同意書にサインしてください。今ご家族はあなたしかいませんよね」

ストレッチャーに乗せられたママが、目の前を通っていく。

わたしは駆け寄ると、ママを覗き込んで、精一杯笑いかけた。

「ママ、手術したら良くなるって」

酸素マスクをしたママは、目だけでうなずいて手術室へ運ばれていった。

「ママ緊急手術になってん」

病院の公衆電話から電話すると、おねえちゃんは不安げに尋ねた。

「ほんま?　だいじょうぶなん?」

「今日急に具合悪くなってん。でも、だいじょうぶやと思う」

「今日は行けへん。明日行けるけど一人で平気?」

「うん、仕事休むし」

「あんた声が震えとるで」

おねえちゃんとパパに電話をし終えて、週刊誌をぱらぱらとめくり、ようやく三時間が過ぎたころ、手術室のドアが開いた。

「あちらでお話ししますので」

またもや感情のない顔でいう医師の後ろ姿を追いかけて、小さな白い部屋に入った。

彼はホワイトボードに横向きの線路のような二本線を書くと、一ヶ所にバッテンをした。

「ここ、腸閉塞で狭くなっているところを広げるために内科治療をしていました。しかし、効果が見えないままで、本日ここが破裂しました」

先生はバッテンをマーカーでとんとんと指す。

「破裂」

「はい。なので処置しております。この部分を切り取っていますので、腸の狭くなったところは改善しました。それでお母さんの今後ですが」

若い先生はゆっくりと、さっきと同じように感情を見せず、淡々と説明する。

「フィフティ、フィフティです。腸が破裂して出血したので身体中に炎症がみられます。今は痛みがあるので薬を使って強制的に眠らせています。しばらくは集中治療室になります」

「あの、フィフティ、フィフティって……」

「五分五分です」

「それって、半分は……」

「はい、五十％の確率です」

「えっ」

「最善を尽くします」

「よくわからないんですが」

「とにかく、ご家族に連絡してください」

「あの、先生。母は良くなるんですよね」

「五分五分です」

若い先生はロボットみたいに同じことを繰り返す。

昨日まで普通にしゃべっていたのに、どうして急に？　理解できない。ぜんぜんわからない。

「今日はお帰りください」といわれ、仕方なく病院を出た。

呆然としたまま家に帰ったわたしは、カップラーメンをすすりながら、先生のいっていることは、手術は五十%成功したということだと気づいた。

「それって、半分は死ぬかもってことなん?」とおねえちゃんが電話の向こうで泣いていた。

「手術は成功したんやし、あとは良くなるって」

おおげさやなと、わたしは励ます。

ママは絶対にだいじょうぶ。

電話を切ったあと、何度も自分にいいきかせた。

翌日、白衣を着て手を消毒して、テレビで見たことのある集中治療室に入って横たわるママを見たら、口にチューブが入っていて、両手に管が刺され、顔は腫れ、まぶたが黄色い接着剤みたいなものでくっついて、まるで人形みたいになっていた。

「ママ……」

声をかけると、わずかに動いた。

看護師さんが「痛みがあるので薬で眠らせています」という。

おねえちゃんが来て、わたしがちゃんと聞けていない説明を先生からしっかり聞いて、何度も何度も質問して、状況を理解したようだった。

「先生、助けてください、どうしたらいいでしょうか?」

おねえちゃんは泣いてその場にうずくまった。そういえば、彼女は昔からちゃんと最悪のことを考えられる人だった。だから、そうならないようにちゃんとした人生を歩んでいるんだっけ。

わたしは泣かない。最悪の事態には絶対にならない。絶対。


集中治療室は面会時間が決まっているので、病院にいてもほとんどが待合室で待っているだけで時間が過ぎる。

集中治療室に入れるのは一日に二回、十五分ほど。わたしとおねえちゃんはもう三日も、一日の大半をこの無機質な空間で過ごしていた。

ちゃんとしているおねえちゃんは、ママの赤血球の数や体温や先生のいうことなどをこまめに手帳へ記録している。今日、先生は「お母さんは院内感染しました」といった。

病院にいて、病気になることがあるなんて。しかもママの赤血球はものすごい勢いで減っていて、相変わらずママは意識を遠くに持っていかれている。

翌日、ようやくパパがやってきて、待合室は三人になった。

管だらけのママを見てパパは「ひどいな」とだけいった。

きれいだったママの身体はどんどん膨らみ、指が破裂しそうなほど浮腫《むく》んでソーセージみたいになってしまった。

それでもママは息をして、ときどき声に反応した。

そのたびに、なぜかもっと強い眠り薬が投与され「眠っているほうが楽ですから」と看護師さんにいわれるのだった。

もどかしくて、どうしようもなく心配なのに、こんなときになにもしてあげられない。

お医者さんにすべてを任せるしかなくて、できることといえば祈ることしかない。

どうか、どうか、ママを助けてください。

手術から一週間後、わたしは会社から病院へとタクシーを飛ばしていた。

「どうしても会社に顔を出さないといけない」とおねえちゃんにいって仕事に向かったその日、「お母さんが危篤です、今すぐ病院に」と電話が入ったのだ。

ラジオから井上陽水の『5月の別れ』が流れている。こんなときにこんなメロディ。偶然とはいえ。
震えが止まらないわたしを見て、運転手さんが「ご病気ですね、急ぎます」と飛ばしてくれた。

ママ！　ママ！　ママ！
おねえちゃんとわたしは叫ぶ。パパは黙ってママを見下ろす。
ママの病衣ははだけていて、おっぱいが丸見えになっている。
電気ショックを与えているのだ。
ピピピピ
ドンッ
ママの身体が電気ショックで持ち上がる。
心電図波がわずかに動く。
絶対にだいじょうぶ。
わたしは信じている。ママが目を開けるのを。
ほのみちゃん、ともう一回いってくれるのを。
ママの指に触れると、自分の力なのかママの力なのか、わずかに指先に圧力を感じた。

ママ、ママ。
呼びかけると、指がわずかに動いた気がした。
ママ、
まだ話したいことがたくさんあるよ。
もう、おいていったりしないよね？
ずっとそばにいてくれるよね。
指が強く、動いた。
ママ！
静かな瞬間だった。
心電図がピーッとまっすぐになる。
先生が「ご臨終です」というのが聞こえた。
（ようやくママは解放されたんやで。もう苦しまなくていいんや）
わたしのなかでもう一人のわたしがそういっている。
さっきまであんなにうるさかった機械の音がすっかり消えていた。
なにも聞こえない。
凍ったようにすべてが一時停止している。

しばらくして、誰かの、もしかしたら自分かもしれない、叫び声が聞こえてきた。

9

「これは医療ミスだ！　謝りなさい」

京都から駆けつけたおじいちゃんは、霊安室で担当医とその上司を怒鳴りつけている。あの若い表情のない先生はインターンで、彼の教科書通りの判断でママは逝ってしまったのだ。

白い布をかぶったママの抜け殻に向かって二人の医者は頭を床につけて謝っている。

謝ってもらっても、ママは生き返らない。

わたしは丸まった二つの背中を見下ろす。

ママの意識がないときに、病院の駐車場で真新しいゴルフバッグを車に積んでいた、先生。ほんとうに悪いと思ってはいないのだろう。土下座が終わってこの部屋を出ていけば、この一件は彼のなかで、過去の症例となるだけだ。

それなのにママは死んだ。

母親になると宣言してたったの一年だった。あっという間に過ぎた一年。

世界でいちばん好きだった人が、この世からいなくなった。

わたしが東京で働いていなかったら、わたしが違う病院に連れていっていたら、あと一日早くママを京都に帰していたら……。

ママの直接の死因は医療ミスだったけれど、その間接的な原因は、わたしだ。

おねえちゃんもパパもみっちゃんもほんとうはそう思っているくせに、どうして誰も責めないのだろう。

お通夜、お葬式、初七日が過ぎていった。ママの時間は止まったのに、こっちはどんどん前に動く。

わたしの身体はごはんを食べ、かろうじて眠って、生きようとしていた。生きている実感もないのに、わたしの爪は伸び続けている。

そういえば、葬式の当日、わたしの携帯にクマさんから電話があった。

「ママは死にました。今日はお葬式です」

そう伝えてクマさんが「えっ」といったところで、急に圏外になって切れてしまった。

お坊さんが来てもう一度かけ直す余裕もなく、クマさんからもかかってはこなかった。

パパは仕事に戻った。おねえちゃんも子育てがある。

わたしだけがいつまでも現実の世界に戻れない。生きているのに死にかけの虫みたいな顔をしてふらふらとしている。

人が死ぬということは知っていた。きっと親が先に死ぬということも知っていた。わたしだっていつか死ぬ。

けれど死ぬってなにか知らなかった。

永遠にいなくなるってことは、もう話せなくなるってことだ。一緒に熱々のオムレツにわくわくできないってことだ。一緒の星を見られないってことだ。タカラモノってもういわれないことだ。不安で勇気がでないときに「ママどうしよう」っていえないことだ。

伝言ノートは更新されず、書いてもママの返事はない。

ママって呼んでも、そこには空洞しかない。

地球が生まれて、人類が生まれて、今までたくさんの人が死んできて、地震や戦争でもたくさんの人が死んできた。でも一千万人死のうが、一兆人の人が死のうがそれをひとまとめにしても、たった一人のママの死のほうがわたしにとっては大きい。

いや、死?

違う、これは生きているから感じる、痛みでさみしさで悲しさで混乱だ。

だから生きているのがいやだ。

まさかと思うけれど、生きているから今すぐシニタイ。

ここからニゲタイ。


「だいじょうぶ？」

加藤さんが、コーヒーを淹れてくれる。

「だいじょうぶです！」と加減がわからないわたしは必要以上に明るく答える。

どこにもいたくなくて、もやがかかったみたいな毎日が過ぎていく。

それでもわたしは、仕事もしてごはんも食べて、ときどき笑っている。脳の一部が故障したみたいに、楽しさもおいしさもわからなくなりながら。句読点がない話し方をしていながら。毎日、夜明けに目を覚まして、明け方のくぐもった虫の声を聞きながら。泣いても泣いても泣いても、涙が涸れてくれない。

三軒茶屋の駅を通れば、そこにはわたしを待つママの姿が目に映る。

玄関を開けたら、戸棚に隠れて「わっ」と驚かすママに出会う。

コンビニに行ったら、アイスを選ぶママがいてアタリが出るまで買うか？　と聞いてくる。歩道橋には、首が痛いと言いながらアゴを空に向けていたママがいる。

なにを見ても、どこに行っても、いろんなところにママがいる。

そして、目を凝らせば、どこにもいない。

四十九日で実家に戻ったわたしは、まだ生気を失ったままで、あんなにダイエットしても減らなかった頑固な体重がいとも簡単にするすると落ちていた。

実家の裏庭では、ママが植えた野菜たちがカスカスの茶色の葉っぱに変わり果てて、枝には小さなトマトだったものがぶら下がっていた。しわしわになっているのをぼんやり眺めていると、誰がみても病気かと思うくらいに、自分もしぼんでいることを実感する。

よっこらしょっといいながら、みっちゃんが横に座った。

そのまま二人とも、ずいぶんと長いこと縁側に腰をかけて、ママの朽ちた家庭菜園を眺めていた。

蟻の足音が聞こえそうなくらい静かだった。お互いの呼吸の音がものすごく大きく聞こえる。

しばらくして、葉っぱが落ちてカサッと音がしたときに、みっちゃんが不意にいった。

「トマトもナスもあかんな。あの雑草みたいな春菊はだいじょうぶかな?」

「うん」

「そやけど、これからは世話焼けへんなあ」

「うん」

「ママが育てたトマト食べたことあるか?」

「ある」

「うす味で、すっぱいすっぱいトマト」

「うん」

「似合わへんことするさかいになあ」

「うん」

「そやけど、ママの生んだ子はよう育ったなあ」

「…………」

みっちゃんは、上を向いてしゃべっている。

空は青い。悲しさを吐き出したら全部吸い取ってくれそうなほど、青い。

「あんたのこと、ママはいっつも自慢してたんやで」

青がゆらゆら揺れてぼやける。

「『ほのみはすごい、すごい』って、いつも自慢してた」

返事が嗚咽になっていく。

「東京に行って、あんたの職場に行くときあったんやろ？　そしたら、あんたの机が……」

「つくえ……？」

「そう、『ほのみの机がなー、前より大きくなって、場所も前、前の中央って変わっていくねん。すごいでー、こーんなでかい机なんやで。他の人の倍はある。部屋でいちばん大きな机やねんでえ』って……」

みっちゃんは両手を広げて「こーんな」といった。

わたしはようやくみっちゃんを見る。わたしと同じように涙で顔がぐちゃぐちゃになっている。

「こーんなって、うれしそうに、ものすごいうれしそうに何回も、何回もいうんやで」

「…………」

「あんた、知らんかったやろ？　ママはあんたにはいうてへんけど、あんたは小さいころから身体も弱いし、小さいし、一人でお弁当も食べれへんし、運動もできひんし。いつもいちばんで優等生のおねえちゃんはしっかりしてて、なんでも一人でやっていく子やったけど、あんたはほら」

「なんやな」

「ピアノも書道も、人と話せへんからってすぐ逃げ出すし」

「うるさいわ」

「そんな子がたった一人で東京に行って。いったいなにができるんやって、そりゃ無理やろうって、みんな思っててん」

「そうか……」

「でもな、ママはな、あの子はだいじょうぶや。案外やっていけるって、ずっとずっというてて……最初、あんたがお金なくて大変やったとき、ママが毎月三万送ってたやろ？　そんなことするんやったら、京都に呼び戻したらええやんか、あの子には一人暮らしも都会も無理やでっていうたら、ママが『もうちょっと信じてやってくれ、あの子は見かけと違って、たくましいねん。小さいころから我慢いっぱいさせたぶん、強いねん。そやし、うちは信じてるんや』って一生懸命いうてんで」

むせび泣くわたしの肩に、みっちゃんの手が乗る。

「あんた、えらかったよ。いやな先輩にも逃げずに向き合ったり、仕送りもらうどころか家にお金入れるようになったりしてな、そんなんみんなびっくりやで。『あのほのみが』ってな。ママはうれしかったんや。あんたの成長を誰よりも喜んでいたで。いや、ほんまに自分のことみたいに、自慢してたんや。あんたのこと、心から誇りに思ってたんや。うちから、このダメな親からあんな子が生まれたんやって、目真っ赤にして泣いてた。ほんで、母親になるっていうたんや。あんた、知らんかったやろ。あんたがどんだけママを幸せにしてあげてたか……」

みっちゃんは続ける。

「あんた、ええことしたんやで。親に自慢させるってすごい親孝行をしたんやで。みっちゃんは、おじいちゃんにもおばあちゃんにも心配ばっかりさせて、結局実家に頼ってなあ。自慢のジの字もないわ。あんたがうらやましいねん。ほんまにうらやましいねん……」

みっちゃんはそれから、じっとわたしのほうを見て、

「あんた、自分責めたらあかんで」といった。

わたしは肩をがくがくとふるわせて、だくだくと涙を流し続け、おまけにしゃっくりまで出て、鼻水をたらしまくっていたので、そばにあったティッシュを何枚もつかんで、同じように泣いているみっちゃんにも渡した。

二人で並んで「ち～ん」と洟をかんで、涙でぐっちゃぐちゃになった互いの顔を見合わせた。

みっちゃんは、は～っと息を吐いて、呼吸を整えて、それから泣きながら笑って、

「ええのか？　あんた、ここにまだいてええのか？　ママが自慢してた大きな机に座らん

でええんか？　ママが楽しみにしてたあんたの未来を、ここで止めていいのか？　なあ、違うやろ？　あんたは、行かなあかん。あんたは、生きなあかんねんて。わかってえな。ママはな、死んでも見てる。死んでも、あんたのこれからの成長を楽しみにしている。死んだ人に親孝行したってええやないの。東京に戻って、あんたはあんたの人生の続きを、もっとすごい物語をつくらなあかんねんて」

　みっちゃんは、両手をわたしの手に置いて、わたしの目を見ていう。

「わかったんか。必死で生きなさい」

「うん」

「絶対やで」

「うん。わかった」

「ほんまか？」

「しつこいなあ。わかったって」

　気がついたら、手が冷たくなっていた。

「あ〜あ、つらいなあ」

「ほんまにつらいなあ」

「そやけど、つらいつらいって百ペンいうても、つらいって消えへんしなあ」

みっちゃんは、空を見上げる。さっきはなかった飛行機雲が一本、白い矢印のようにまっすぐに、東に向かって伸びていた。

東京に戻ったその夜、ママの夢を見た。

赤いワンピースを着たママは、赤とか黄色とか青とか緑とか色とりどりの風船を持って、わたしのずっと先を歩いている。

「明日死んでも、なんの後悔もないねん」

「行かんといて」

「ママ、なんの後悔もないねん」

「行かんといて」

「人がなんといっても、ママはこれでええねん。ママ、幸せやねん」

「行かんといて」

ママが笑う。いつも追いかけていた、大好きな笑顔。

「行かんといて、行かんといて、行かんといて！」

目が覚めた瞬間、わたしはママが死んだことを忘れて「あれ、ママ？」と姿を必死で探していた。

部屋中を見渡して、やっと「ああ、死んだんだ」と理解したとき、突然、ありえないほど圧倒的な喪失感と、今自分が生きているという実感が、ごちゃまぜになってこみ上げてきた。

一人しかいない部屋で、右を向いて、左を向いて、ようやく天井の星を見た。

それは真っ暗な中でも、輝いている。

まだまだ塩っからい現実の世界は、わたしの前にわずかな光を見せてくれている。

それからは、とにかく仕事だけに没頭するようにした。

休みも取らず、夜遅くまで仕事をしている姿を見て、周囲はわたしがすっかり悲しみを乗り越えたように思っているだろう。

そう思ってもらったほうがいい。いろいろ心配されたら、悲しみの詰まった穴の蓋が開いて「ぜんぜんだいじょうぶじゃない」と本音が出てしまう。

たとえ悲しみがだんだん癒えて小さくなっても、そこにはぽっかり空洞が残るだろう。わたしはその空洞と一緒に生きていくしかないのだ。

世の中では、多くの人が大切な人を失い、そのたびに大きな悲しみが生まれているけど、それを乗り越えて生きている人なんかたぶん一人もいない。

みんな悲しみを飲み込んで、一緒に生きているだけなんだ。

思い出して、胸が痛い。思い出して、涙が出る。

でも、人は生き続ける。

ただそれだけなのだ。

10

あまりに仕事に打ち込んだ結果なのか、前より少しは人の心の痛みをわかるようになったからなのか、わたしの仕事の成績は右肩上がりに伸びていった。

恋人もいないし、友達にも会っていないし、私生活はまだまだひどいものだったけれど、そもそも私生活というものが入り込む隙間がないくらいに仕事に打ち込んだのだった。なにかに熱中することが、わたしを少しだけすくってくれたから。

周囲の同じ年ごろの人たちは、おしゃれしてデートをしたり、流行のドラマを見たり、ファッション雑誌から抜け出したようなかわいい服を着ていたりしたけれど、わたしにはそんなすべてが遠く感じる。でも、今はそれが楽だ。

そんなあるとき、新入社員の佳恵《よしえ》ちゃんが聞いてきた。

「春田《はるた》さんって、すごいかっこいいです。前からずっとそうだったんですか？　わたしなんか、へなちょこで人見知りだし、営業向いてないと思うんです。春田さんみたいになりたいのに」

えええっとわたしはびっくりして、本気で人違いじゃないかとキョロキョロしてしまう。みにくいアヒルの子のわたしにとって「かっこいい」という形容詞は無縁のものだ。この勘違いを解いてあげなきゃいけない。

「ううん。わたし、実は人見知りで、小さいころとか人前でごはん食べれなくてね。給食とかさ、掃除始まってもぐずぐず食べてた子いたじゃん？　あれよ、あれ。どんくさい子で、運動会の徒競走もいっつもびりでね。自信ゼロだったの」

「信じられないです、いつ変わったんですか？」

「いつかなあ？　変わったというなら東京に来て仕事をやって……」

「わたし、自信がないんです。あの、どうやったら自信って持てますか？」

「う〜ん。自分のいいところ見てる？」

「いいところなんてないですよ。誰も褒めてくれないし……」

佳恵ちゃんは、えくぼを見せて小さく笑う。

「かわいいし、やさしいし、人が一緒にいて癒される。それって強い人にはできないことなんだよ。そんないいところたくさんあるのに？　それに人にどう見られてるとか、どう思われてるとか、関係ないよ。自分でいいと思ったらそれでいいんだよ。佳恵ちゃんにしかできない、あなたの良さを武器にして、もっと笑って、明るくなって、やれば……」

話しながら、息が詰まった。

わたしから出てくる言葉は、あきらかにママの……。

ママが、今も自分のなかにいる。

そう思った瞬間、わたしの心は土砂崩れみたいにがらがらと崩れ、涙が溢れてきた。佳恵ちゃんが驚いている。

「ど、どうしました？　わたしなにかひどいこといいましたか？」

「いや、違うの、思い出したの。あのね、どうして自信がついたかっていうとね、母がめずらしく運動会を見に来てくれたときに、わたしやっぱり周回遅れのびりっけつで、もう恥ずかしくて、悲しくて、トイレにいくふりをして泣いてたの。そしたら母が追いかけてきて、『気にしんとき』って、それから、『よう、がんばったなあ。いちばんになるのもすごいけど、びりなのに、恥ずかしいのに、最後まで走れるあんたはほんまにすごいわ。ママ、それ誇りに思うわ。あんたのおかげで、他の子はびりにならなかったもんなあ。いいことしたなあ』っていってくれて、わたし、わたし……たぶん、それが自信の原点のような気がするの。欠点だらけだったけど、自信が持てるところ増えなかったけど、拗ねたりひねくれたりせずに、まっすぐ生きてこれたの。そんな言葉を杖にして、わたし歩いてるんだよ」

佳恵ちゃんはなにもいわず、ぽろぽろと一緒に涙を流してうなずいていた。

ああ、きっとこの子、伸びるだろうな。

ママの言葉で育つ子は、きっとたくさんいるんだろう。

この日を境に、わたしは少しずつ、恋ができるようになった。

ママが一緒にいることがわかったから。

ママは恋をしたがっている。

そして、もっともっと、人生を愛したがっているから。

終章

一面に広がる田んぼが、またベージュ色に覆われる季節がやってきた。

朝は晴れていたのに、さあ、出かけようというときになって雲行きが怪しくなった。

そして到着したときには雨がどんどん降ってきて、肌寒いくらいだった。

ママのお墓は実家から車で十五分。小倉山《おぐらやま》の中腹にある。

「前に飾ってあった花もまだきれいやけど、捨てるね」

おねえちゃんが新しい花を生けながらいう。

パパは「けっこう墓には来てるんやけど、すぐ生えてくるなあ」といいながら草を抜いている。

「なかなかつかへんで」

わたしはマッチを何度も擦って、そのたびに風に吹かれて失敗していた。

「なんか、あっという間やったなあ、一年」

いよいよお経が始まるというとき、パパがぼそっといった。みんな雨に濡れながら手を合わせる。

ろうそく台のなかで、ようやく火のついたオレンジ色の灯りが揺れていて、お線香の煙がどんどん雨に対抗して上がっていく。

お経が始まって目を閉じた瞬間、誰からともなく全員がすすり泣いていた。みんなの心の声が聞こえる。「ママ、ママ、ママ」と叫んでいる。

そのとき、あたりが急に明るくなった気がして、わたしはそっと目を開けた。

急に、ほんとうに急に、どんどん雲が消えていき、雨が弱くなって、雲間から光が射し始めている。

みんな差していた傘を閉じて、手を合わせたまま空を見上げていた。

雨はまだぱらぱらと降っているけれど、太陽が出ているのだ。

突然顔を出した太陽と雨雲が生んだものは、見たこともないような大きな大きな虹だった。その巨大な半円の橋は、くっきりとした、とてつもなく完璧な虹で、あまりにも美しく、わたしたちを圧倒した。

お坊さんもお経を読みながら、じっと目はそちらを見ていた。

その虹が現れて消えていく五分ほどの間、すべての痛みを忘れることができたように思う。それくらい、目も心も奪ってしまう虹だった。

お経が終わり、お坊さんがいう。

「きれいな虹でしたね、あれはお母さんでしょうね」

「きつねの嫁入りみたいですね」パパが見当はずれの答えを返す。

そういうパパの表情はさっきよりいくぶん明るくなっている。

法要を終え、急いで子どもの待つ家に帰ったお姉ちゃんがいなくなると、パパと実家で二人になるという、けっして居心地がいいとはいえないシーンとなった。パパもきっと同じことを思っているだろう。そりゃおねえちゃんと二人のほうがパパもなにかと楽なのだ。

「あの虹きれいやったな。写真撮っておけばよかったね」

「おう」

パパは机の上に置いてある、さっきのお坊さんに出した余りのお饅頭をつかんで食べようとしている。

「こんな大きな家にいるより、住みやすいマンションに引っ越したら？」

聞いたタイミングとお饅頭を口に入れたタイミングがぴったりで、一度に丸ごと口に入れたパパはオランウータンがみかんを丸飲みしたような顔になって、もごもごしながら、どんぐりに似た目でわたしを見つめかえした。

その目はよく小さいころから「お父さんにそっくりの目」といわれた、わたしと同じ形のやつ。

「なんでや？」かろうじて饅頭の隙間から人間の声を出す。

「なんでって、だからもったいないやん一人でこんな広い……」

「ええねん、オレ住むし」

「でも……」しつこくいい続けると、パパはわたしから目をそらして、もうひとつお饅頭に手をだした。

そして「温泉饅頭は皮がしっとりやな、乾いてもさもさしているのはあかんな」とか独り言をブツブツいったあと、「それより、腹が減った、肉でも食うか？」といきなり聞いてきた。

「焼肉はいや……」

「焼肉ちゃうで、オレはステーキや。上等な分厚い肉がええねん」

「法要のあとでもいいの？　肉」

「知らんけど、今日は別に火葬したわけとちゃうから、焼いたん食べてもいいやろ」

パパはやや強引にいい、三つ目のお饅頭を投げるようにほいほいと口に運ぶ。

パパが「上等な分厚い肉が食える店」と連れてきてくれたのは、会社で表彰されたときに連れていってもらった、目の前の鉄板で焼いてくれるようなところじゃなくて、チェーン店のステーキ屋さんで、鉄板に載って肉がやってくるほうだ。

「ここ、うまいから好きなの食っていいよ」パパは得意げにいう。

赤いバンダナをしたお兄さんが注文を取りにきたので、パパをちらっとみると、どうやら肉のグラムで悩んでいるようだ。

「ヒレの百四十グラムのセットであと生ビールお願いします」とわたしは先に注文する。

「お前、百四十でいいのか足りるんか？」とパパは驚いたのち、「やっぱりオレも、そしたら小さいほうにしようかな、コレステロール値がな、ええとサーロインの二百グラムの定食で、わたしも生ビールを」と慌てて頼んで、お兄さんがオーダーを復唱している途中で「あ、やっぱり三百グラムで」とパパらしい食い意地をチラつかせた。

「オレは最近、株のこと勉強してんねん。まあ、いろいろとやりたいことあるしな。充実してるわ」

「へえ～」

「店もな、最近ネットで注文して仕入れるねん。東京のおかちまち……のとこでな」

「へえ～パソコン使えるんやな」

「まあ、覚えたら簡単や、オレはだいたいのことはわかる」

どんどん、自慢顔になるパパは、とにかく会話が途切れないように、ドヤる話を連打してくる。ついでに「オレってやっぱりすごいねん」という言葉を差し込んでくるのが、ちょっと鬱陶《うっとう》しい。

パパは先に運ばれてきたセットのスープをゴクゴクと飲んで、最後に残ったコーンを残らず食べようとスープカップの底をとんとんと叩いた。そしてうわ～うまいって顔をしながらも、「コーンスープは甘いし、ほんまはオレはオニオングラタンスープがいいな、パンの載っているやつな」とわざわざケチをつけていた。

そんなパパをわたしはあらためてじっと見る。だいぶ白髪が増えたけど、パパの髪はまだふさふさで、がちっとした体型は六十歳を越えたところなのにまだまだ若い。

ふと、ある思いがわたしの心のなかで湧き起こった。それはずっと前から解けなかったなぞなぞの答えがひらめいた感じだった。

この人は、いつも思っていることと反対のことしかいえないんじゃないか？

ご飯を勝手に食べられたこと、お風呂に入っているとき電気を消されたこと、何度も叩かれたこと、大学なんて行ってもしょうがないといわれたこと、お金をずっと払ってくれなかったこと。

この人といるといつも気分が悪くなった。だからずっと避けてきたんだ。

これからもわたしは一生避け続けるのか？　自分のいちばんの苦手からこのまま逃げるのか？　疑問が湧き上がる。なぜ、お金を払ってくれなかったの？　なぜ、勝手に食べたりしたの？　なぜ、そんなにいやがることばかりしたの？

なんで？　なんで？　なんで？　なんで？

辛かった。痛かった。怖かった。大嫌いだった。

けど、あなたは？　わたしがそんなに嫌いだった？

嫌いな感情があまりに大きすぎて、こんなことを考えるのは初めてだった。この人がなぜこんな風になってしまったのかを。

わたしはずっとこの人の前で被害者だった。そしてわたしは、この人を加害者だと決めつけてきた。

でも……わたしは……わたしは…………。

「おい」声をかけられて、わたしははっとする。

「なにぼうっとしてんねん。肉はまだかな？」

パパは周囲の人が食べている肉をちらっと見ながらいう。

もう一度、この人を見てみよう。今までとは違う、新しい目で。

わたしはようやくドアに辿り着く。そして思い切って、そのドアを開ける。

「ごめん」

ドアの向こうにあったのは、新しい言葉。

「はっ？」

パパはわたしを見る。ぽかんとして、飲もうとしていたビールジョッキを置いた。

「わたし、会えばいっつもお金の話ばっかりしてたね。パパにいやな態度ばっかりしてた。ごめんな」

「へっ？」パパは素《す》っ頓狂《とんきょう》な声をあげる。遅れてわたしの言葉を理解したのか、「ああ」と子猫みたいに小さく肩をすぼめた。

「それに、年に二回しか休まんと一生懸命働いてくれて、なんやかんやいうても最後は学費も出してくれて。そやのに、ほのみは……」

そのとき、注文した分厚いステーキが運ばれてきた。わたしたちは鉄板の上で焼け焼け真っ最中の肉を見る。

「お礼いったことなかったかもしれん。ううん、お礼はいってきたけど、ちゃんと心込めていうたことなかったな」

「な、なんやな」パパは下を向いた。

「ありがとう」

そのとき同時に隣のテーブルの学生たちが「まじか～～」と大声でいいながら大笑いしたので、わたしがようやく発した小さな、けれど思いのこもった声はかき消された。

「それで」話を続けようとすると、

「もう、ええから。おまえそれ以上いうな」

パパはちょっと大きな声でいう。大きな声なのに、小さく見える。

でも、やめられない。やめてはダメだ。深呼吸をする。

「パパはわたしよりもいつもおねえちゃんをかわいがってた。それはわたしがダメな子やったから？　パパはわたしが嫌いやったんやろ？」

いちばん聞きたかったこと。心にずっとずっと引っかかっていたことだ。パパはふ〜は〜と呼吸をする。

「おまえこそ、ママ、ママって、ママばっかりやったやないか」

パパのフォークを握る右手はぎゅっと力が入っている。

「ママがどんなことしても、母親放棄しても、おまえはいっつもママの味方やった。なんでやねん。オレはなんで……」

「パパ……」

「オレの顔見たらいやそうな顔して。おまえこそオレを嫌いやったんやろが……」

パパのお肉に、ぽたぽたと涙が落ちている。わたしは違うといえず、言葉が出てこない。

「オレが死んだらええと思ってたやろ」

「それは……」

伝言ノートに毎晩わたしは「パパなんか大きらい。じごくにいけ」と書いていた。「ママのためにパパをころしたい」とも書いていた。

パパは首を横に振ってから、ナイフで分厚い肉を切ってすごい勢いで口に入れ始めた。そして、まるで野生動物みたいに肉を咀嚼する。

わたしは小さな男の子みたいになったパパを、生まれて初めて真正面から見つめていた。そうか。なんで気がつかなかったのだろう。

わたしは、ママがいたから、そしてパパもいたから「わたし」になれたんだ。

「肉、うまいやろ」

パパは下を向いたまま、少し照れくさそうにいった。


東京に帰る時間になり、一人で新幹線のホームにいたら、あとからパパが走って近づいてきた。

「これ、お前に渡しとくわ」

パパはぜいぜいいいながら、わたしに白い紙袋を突きつけた。

「え、これは……」

「ええから」とパパはさらに紙袋を押しつけて、ぶすっとした顔でいう。

仕方なく受け取ると、ずっしりと重かった。「弁当は買ったんやな」とわたしの手元を見た。

「萩の谷」

「へ～うまそうやな」

「うん」

「……」

会話が見つからないまま、ようやく発車ベルが鳴る。居心地の悪い空気から抜け出せて、ほっとした。

「そう、じゃあ、仕事がんばって」

「お、おう、おまえもな」

わたしは、とっさに手にしていたお弁当をパパに押しつけた。

「お腹いっぱいやし、食べて」

「えっ」とパパは反射的に袋を受け取り、わたしを見た。そして「家があるから、いつでも」と、下を向いてぼそぼそといった。

自分の指定席に座って、窓からホームを見ると、ちょっと離れたところにベージュのズボンをはいたおっさんが、お弁当の袋をぶらさげて頼りなげに立っていた。

新幹線が走りだす。

顔を真っ赤にして、ぜんぜんドヤってないおどおどしたパパは、どんどん小さくなってあっという間に見えなくなった。


パパから渡された紙袋を開けると、そこには何冊ものノートが入っていた。キャラクターのピンク色の手帳だったり、大学ノートだったり、まったく統一されていないばらばらで、ところどころ茶色になっていたりした。それは、ママとおねえちゃんとわたしの三人が何年にもわたって書き続けた伝言ノートたちだった。

見たら絶対泣いてしまうだろうから、すぐに鞄にしまったのに、パパにお弁当をあげたせいで手持ちぶさたになってきて、結局紙袋から一冊を抜き取った。

適当なページを開いて、目を疑う。

そこには見覚えのない新しい文字が追加されていた。

「ほのみはパパが死んだら十つぶのなみだをこぼして、
ママがもし死んだときは九千兆と九百兆と九十兆のなみだをながすよ。
そして泣きすぎて死んじゃうよ」

というわたしの汚い字の横に、

『オレが死んだら十粒の涙やて、ケチくさいやつやな。おまえ、生きてるな』

「今日もママの買ってくれた、ご飯は守ったよ。押し入れに炊飯器隠しておいたんやで。ちょっとかわいそうかなと思ったけど、貴重な資源だから」

というおねえちゃんの丸い文字の横に、

『その炊飯器はオレが買ったやつやろ？　だったら、生米のまま食うてまえ』

「ケチは一生なおらへん。パパはアホや。絶対かたきとったるしな」

とママのきれいな文字の横に、

『ケチケチいうけど、服やったやろ？　家買ったやろが？』

伝言ノートのパパへの悪口のところにだけ、あとから筆圧強めに書き足されている文字たちは、わたしたち三人の会話に必死でぐいぐいと割り込んでいる。

そして、ママが、

「ママはそんな長生きしたくないねん」と書いた一言の横に、

『いうけどオレは、長生きするしな』と書いてあった。

なんやな、あのおっさん。

わたしはわざと大きなため息をついて、ノートを閉じる。すると、はさまっていたものがペラッと落ちていった。

拾いあげるとそれは一枚の写真で、片手で緑色のスカーフを振り上げ、もう片方の手を腰にあてながらチアガールのポーズをとるママと、背筋を伸ばしたおねえちゃんと、目を真っ赤に腫らしたわたしの三人が並んで立っていた。

わたしたち家族の、わたしにとっては最初で最後のあの運動会。

『ほのみ～～ふぁいと～～ふれふれ、ほのみ～』

スカーフを振り乱すママのかけ声が耳に蘇る。

そういえば、わたしはこのとき紅組で、なんで緑？ と思っていたんだった。

もしかして……と写真を裏返すと、ものすごく大きな字で「この写真はオレがとったんやからな」と書きつけたパパがそこに、いた。

顔を上げると、窓の向こうには稲の刈り取られたあの景色が広がっていた。

けれどそれはベージュ色ではなく、雲間から射し込んだ太陽に染められて、きらきらと輝く黄金色だった。

新幹線は大急ぎでそこを通り過ぎようとしている。

シートに座り直したわたしは小さな声で、ワンダフル、と呟いてみる。

本書は二〇一六年十一月にポプラ社より刊行された
単行本『ママの人生』を改稿・改題したものです。

双葉文庫

わ-10-01

タカラモノ

2019年6月16日　第1刷発行

【著者】
和田裕美
わだひろみ

【発行者】
箕浦克史
【発行所】
株式会社双葉社
〒162-8540 東京都新宿区東五軒町3番28号
［電話］03-5261-4818(営業)　03-5261-4831(編集)
www.futabasha.co.jp
(双葉社の書籍・コミックが買えます)
【印刷所】
大日本印刷株式会社
【製本所】
大日本印刷株式会社

【表紙・扉絵】南伸坊
【フォーマット・デザイン】日下潤一
【フォーマットデジタル印字】恒和プロセス

落丁・乱丁の場合は送料双葉社負担でお取り替えいたします。
「製作部」宛にお送りください。
ただし、古書店で購入したものについてはお取り替えできません。
［電話］03-5261-4822(製作部)

ISBN978-4-575-52235-8 C0193
Printed in Japan

JASRAC 出1905075-901

双葉文庫　好評既刊

負けるな、届け!

こかじさら

「社長があなたを嫌っているから」と、25年勤続にもかかわらずいきなりリストラされたかすみ。崖っぷちに立ったアラフィフが這い上がるきっかけは、東京マラソンの沿道で縁もゆかりもないランナーたちを応援する友人の姿だった——。読めば元気が出る、疲れた心に贈る栄養剤小説!

双葉文庫　好評既刊

復讐屋成海慶介の事件簿

原田ひ香

昼寝とデートに明け暮れながらも、なぜか依頼人を次々と満足させる凄腕の復讐屋、成海慶介。婚約破棄されたお嬢様や暴走老人など、恨みを晴らしたい人々が今日もそのドアを叩く。押しかけ秘書の美菜代を従え、きょうも気怠く優雅な復讐劇が幕を開ける――。痛快リベンジコメディ！